L'Échappée belle

Du même auteur

À cœur ouvert, Plon, 2015
Croire au bonheur, Plon, 2016
Rêves d'enfants, Michel Lafon, 2020

Publications pour la jeunesse :

La Belle au bois dormant, Gründ, 2017
Tom Pouce, Gründ, 2017
Le Vilain Petit Canard, Gründ, 2018

INGRID CHAUVIN
Avec la collaboration d'Adeline Fleury

L'Échappée belle

Michel LAFON

118, avenue Achille-Peretti – CS 70024
92521 Neuilly-sur-Seine Cedex

Avant-propos

Je partage avec vous mon quatrième livre. Avec lui, je m'essaie à la forme romanesque pour la première fois. Un personnage naît toujours, me semble-t-il, d'une émotion vécue, ou observée. C'est du moins de cette façon qu'est née Elsa. J'ai été sensible au chemin de vie de Chantal Paolini, fondatrice de l'AJC (Agissez !) qui vient en aide aux victimes de harcèlement psychologique et moral intrafamilial. En créant cette association, elle a aussi voulu rendre hommage à son frère, Jean-Claude dit « Ji-cé » qui, confronté aux violences psychologiques et morales subies par son ex-compagne, s'est suicidé.

Touchée profondément par cette histoire, je suis devenue marraine de cette association. Je me suis alors plongée dans la lecture de témoignages poignants. Ces violences non physiques aussi répandues que difficilement décelables ont tout d'abord attisé ma curiosité, mon envie de comprendre, avant de bientôt me poignarder au cœur. J'ai constaté au fil du temps combien il est difficile pour une victime de sortir du déni, lorsqu'elle est prise au piège de son bourreau et, pire encore, combien il est ardu de s'en extirper. D'oser affronter la réalité puis trouver la force de recouvrer sa liberté.

Le parcours d'Elsa ressemble malheureusement à celui de beaucoup. Il s'agit peut-être de vous, ou d'un de vos proches, de votre voisine, d'un ami, d'une collègue... Parfois, nous côtoyons sans les voir des drames qui se déroulent pratiquement sous nos yeux. Il est compliqué d'arriver à discerner l'imperceptible. Si les maltraitances physiques sont les plus connues, les violences psychologiques font elles aussi de nombreuses victimes, mais de manière insidieuse. Les chiffres de l'Insee sont édifiants : un adulte sur dix subit des violences psychologiques, au sein du couple, hommes et femmes confondus.

En endurant ces situations de manière répétitive, ces personnes développent des troubles post-traumatiques. L'usure et le stress constants sapent la confiance et l'estime de soi.

La dégradation de l'état émotionnel qui en résulte peut conduire à la dépression et, dans les pires cas, aux envies suicidaires. Le caractère sournois des maltraitances morales tient au fait que, la plupart du temps, les persécutés savent que ce qu'ils subissent est anormal, mais sont incapables de se reconnaître victimes. Se culpabilisant, ils sont alors dans le déni et trouvent des arguments pour justifier voire défendre leur bourreau.

Au début de la relation, la victime cherche des excuses à son bourreau pour minimiser la violence de ses abus : « il est fatigué », « il ne le pensait pas », « il ne se rend pas compte », « l'amour va le changer ». La violence psychologique se dissimule donc dans des actes et des paroles qui, au départ, peuvent sembler tout à fait anodins, mais qui vont générer par leur répétition un mal-être grandissant. Un sujet tout aussi passionnant que terrifiant, que j'ai souhaité aborder, sans en connaître évidemment tous les rouages. Je me suis documentée, j'ai tenté d'analyser le processus de prise de pouvoir et ressenti un besoin impérieux de raconter une histoire parce que la fiction permet de faire passer des messages puissants. Partager, informer, déculpabiliser, mais aussi et surtout donner de l'espoir à toutes celles et ceux qui se sentent abandonnés. C'est dans ce sens que j'ai envie de partager avec vous ma création, Elsa.

Prologue

Bleu. Tout est bleu et lumineux. Je regarde l'horizon dégagé, un champ de possibilités vaste et vertigineux. L'eau est fraîche, pourtant le soleil commence déjà à taper. Aux heures chaudes, je devrais m'en abriter. Le matin tôt est le moment que je préfère. L'hôtel est encore calme, les touristes dorment, paressent, ou prennent leur petit déjeuner en silence ou en chuchotant. Moi, je nage. Personne d'autre dans la piscine. J'ai nagé vingt longueurs, sur le dos pour ne rien rater du ciel, le *Canon* de Pachelbel dans les oreilles, je trouve que la natation et la musique classique font bon ménage. Les bras appuyés sur le bord du bassin, je reprends mon souffle et fixe la mer. Quelle beauté ! Entre l'hôtel et la Grande Bleue, il n'y a que des cultures en terrasses, des vignes et de la canne à sucre. Le paysage est sublime, je ne m'en lasse pas. Je mesure ma chance d'être ici, vivante. Voilà six mois que l'île m'a accueillie, qu'elle me berce, me protège, qu'elle m'aide à me reconstruire. J'évolue dans un cocon, je réapprends à vivre, doucement. Je retrouve ma confiance. Tout n'est pas encore gagné. Ici, tout le monde me parle espagnol, cette langue me semble bienveillante. Ici, personne ne me fait de reproches. Ici, personne ne me dénigre ni ne m'humilie. J'oublie peu à peu la violence de la parole, les mots qui blessent, détruisent, anéantissent. Sur l'île, tout n'est que douceur. Je vis à mon rythme. Je me réconcilie avec mon être entier ; la mer et la piscine sont mes alliées. Quand je nage, je me reconnecte à ma peau, à mon être, toutes mes sensations se déploient. Je suis longue et pleine de vie. Légère, délestée du poids des malheurs. Mon corps ne me pèse plus. Il se délie. Il ondule. Tout entier au contact de l'eau, protégé par l'immensité qui l'entoure. Je m'abandonne progressivement. Je fais la planche, les bras écartés. Je ferme les yeux. Le bleu du ciel laisse la place à un fond noir, qui rougit au contact du soleil. Mes paupières palpitent, je distingue deux êtres dont on ne perçoit plus la frontière entre les peaux, je reconnais la carrure de ses épaules, la façon dont ses doigts saisissent les miens, puis m'effleurent tout entière. J'ai un goût salé sur la langue, celui de cette peau que je connais désormais par cœur, je sens ses baisers, et l'air qui s'en dégage dans mon cou. J'ouvre les yeux, encore pleine des souvenirs des dernières nuits passées dans ses bras. Jean me comble de bonheur depuis des semaines. Mon ami d'adolescence, il est aujourd'hui l'homme qui me réapprend l'amour. Tout en douceur, sans rien forcer. Nos retrouvailles furent une évidence. Aussi, quand il m'a proposé de le suivre sur son île, dans son petit hôtel à Majorque, je n'ai pas hésité une seconde. Il m'offrait une seconde vie. Le programme ? Juste me reconstruire. Après on verrait.

Il m'a tirée des griffes de mon tortionnaire. Un tortionnaire qui, s'il ne m'a jamais battue, m'a anéantie, mise plus bas que terre. Parfois, les mots sont des armes tout aussi redoutables que les poings ou les lames. La violence psychologique suffit à détruire une femme. Auprès de Jean, je découvre enfin ce qu'est l'amour, attentionné et complice, celui qui n'entrave pas, n'étouffe pas, n'emprisonne pas. Avec Jean, amour et liberté ne sont pas incompatibles. La liberté et le respect sont même les conditions *sine qua non* de cet amour. Je ne pensais pas que cela soit encore possible. Je ne pensais plus savoir comment. Faire confiance à autrui et, surtout, avoir confiance en moi. Ne plus être sur le qui-vive tout le temps, ne plus vivre dans l'angoisse et la peur. À quarante et un ans, je savoure enfin mon bonheur au quotidien, je me reconnecte à ma féminité, à celle que je veux, moi, pas celle qu'un autre tente de façonner, de m'imposer. Jean me dit souvent qu'il me trouve belle, au début, j'avais du mal à y croire, je pensais qu'il parlait d'une autre. Il m'aime pour ce que je suis et non pour ce qu'il projette, il me répète que dans un couple on est deux, moi qui me suis sentie tellement seule dans mon couple d'avant. D'ailleurs, avec du recul, on ne peut pas qualifier ça de couple mais plutôt de prison. Dans le regard de Jean, je ne lis que du bon. Il soutient le mien. Droit, jamais fuyant. Ce que j'y aperçois me plaît : ce reflet de moi me rassure. Oui, je suis belle. Oui, je suis intelligente. Oui, je mérite d'être aimée et de m'aimer. Grâce à lui, je suis à nouveau créative. Il m'a installé un petit atelier derrière la réception de l'hôtel. Par la lucarne, je vois la mer. Juste assez pour m'évader. C'est mon antre, je me suis remise à la peinture, je crois que je suis satisfaite de mes œuvres, je ne dessine que des corps de femmes, voluptueux, colorés, mes nouveaux tableaux sont pleins de vie. Enfin, j'ai un lieu à moi. Enfin, je peux créer sans me sentir observée. « Il » n'est plus là à me surveiller. « Il » n'est plus derrière moi à scruter par-dessus mon épaule le moindre de mes coups de pinceaux. Je ne sens plus son souffle froid dans ma nuque. Je dis « Il » car je n'arrive plus à prononcer son prénom. Tout comme il a nié mon identité pendant trois ans, je m'octroie le droit d'effacer la sienne. Jean, lui, a un prénom, Jean aime Elsa, je suis Elsa. J'adore lorsque Jean prononce mon nom, détachant les deux syllabes : El-sa, son Elsa, mais surtout la mienne.

El-sa ! El-sa ! J'ouvre les yeux, il est là, debout sur le bord de la piscine. Il plonge, bruyamment, rit comme un gosse, et vient se coller à moi. Il mord mon épaule. Je frissonne. Il veut faire la course. Crawl ou brasse ? Il propose. Jean est comme ça, il me laisse toujours le choix. J'opte pour la brasse. Car même pour une course, rien ne presse. Nous avons tout notre temps. Nous avons la vie devant nous. C'est une chance. Je suis toute disposée à la saisir.

1

La rencontre

Elsa se tient au coin de la rue des Saints-Pères. Elle se sent engoncée dans sa robe longue. C'est toujours comme ça, elle a choisi une tenue trop habillée. Ce n'est qu'un vernissage. Certes, celui de sa nouvelle exposition où le Tout-Paris de l'art s'est donné rendez-vous, mais elle aurait pu venir en jean, avec un petit haut élégant. Elle a encore une fois écouté sa mère. « Tu vas être la star ce soir, tu dois tout faire pour attirer la lumière. » Aussi, elle avait choisi la robe bustier noire, celle qui affine sa taille et met sa poitrine en valeur. Elle avait même retourné son armoire pour la retrouver, en boule au fond d'une étagère. Elle n'arrive pas à lutter contre sa tendance à empiler les vêtements. Son appartement est toujours bien rangé, mais seulement en apparence ; il ne faut pas ouvrir les placards. Elle n'a aucun sens du rangement. Son côté bordélique la fait sourire autant qu'il l'exaspère. En revanche, dans son atelier, tout est impeccable, minimaliste, elle n'arrive pas à peindre dans le désordre. Sa créativité pourtant chaotique se libère quand chaque chose est à sa place. La galerie est pleine, on l'attend. Ses amis, sa famille, les galeristes du quartier, les critiques d'art. Ils sont tous là pour elle. Elle flippe. Elle a horreur des vernissages. Pour elle, il y a quelque chose de contre nature à ce que l'artiste soit présent. Les œuvres se suffisent à elles-mêmes, elles n'ont pas besoin de la figure du peintre pour être admirées, elles ont leur existence propre. Le peintre est un passeur d'émotions et de beauté. Mais une fois l'œuvre terminée, l'artiste s'efface. Il faut pourtant qu'Elsa se décide à entrer. Son cœur se serre, le bustier de sa robe l'oppresse. Elle le réajuste. Cynthia, une amie de promotion aux Beaux-Arts l'interpelle :

– Alors ma belle, tu fais une fois de plus ta timide ! C'est bien, tu te fais désirer… Allez, viens, il est temps de voir tes fans…

Cynthia est tout le contraire d'Elsa. Pétillante et sûre d'elle, elle adore évoluer en public. Elle parle beaucoup, souvent trop, mais Elsa admire son bagout, sa capacité à avoir un avis sur tout. Elsa est réservée. Quand elle prend la parole, ce n'est pas pour parler à tort et à travers, elle préfère se taire que dire une sottise. Elle doute beaucoup d'elle. Tout le temps ou presque. Pourtant elle est douée, très cultivée, ses œuvres sont cotées. Elle vit de son art, ce qui est très rare. Elle mesure sa chance. Les hommes la courtisent, les femmes la jalousent. D'une certaine manière, elle est puissante, pourtant elle a du mal à se l'avouer. Depuis qu'elle est petite, elle manque de confiance en elle, malgré ses bons résultats à l'école, malgré sa capacité à se faire des amis, malgré l'admiration que lui vouent sa mère et son frère. Peut-être que si elle avait eu un père, cela aurait été différent. C'est comme s'il lui manquait le regard d'un père pour se sentir exister pleinement. Elle a grandi dans l'absence du père, et ce manque a créé chez elle une insécurité affective. Elle sait tout ça, elle a travaillé là-dessus, dix ans de psy n'ont pourtant pas suffi à lui donner l'assise dont elle aurait besoin. Malgré le succès, elle se sent une toute petite chose. Dans sa vie amoureuse, elle n'arrive pas à se laisser aller, aussi, les hommes la quittent. Désormais, elle attend l'amour, évite les coups d'un soir qui lui font horreur. Pour le moment, elle est en couple avec son art, mais à l'approche de la quarantaine, il est temps qu'elle pense à sa vie de femme, qu'elle envisage de construire une famille, qu'elle ose enfin imaginer que cela est possible. Il faut qu'elle ait suffisamment confiance en elle pour s'épanouir, qu'elle règle son manque de référence masculine qui l'a trop longtemps éloigné des hommes. Il est temps qu'elle lâche prise, qu'elle s'abandonne. Cynthia lui répète : « Plus tard, ce sera trop tard, ma vieille tu as trente-sept ans. » trente-sept ans ! Elle n'a pas vu le temps filer ces dix dernières années, tellement accaparée par son art et les articles dans les magazines culturels.

– Allez Elsa, bouge, maintenant, faut y aller, tu vas pas faire le pied de grue toute la soirée ! Après une coupe de champagne, ça ira mieux, je te connais…

Cynthia attrape le bras d'Elsa et l'attire vers la galerie. Elles entrent. Les convives se retournent vers elles et leur sourient. Elsa se sent mieux instantanément, elle lit le respect dans leurs regards. L'ambiance est décontractée, les gens trinquent à la santé de la « peintre incontournable du moment », ainsi que Sara Delmotte l'a qualifiée dans son papier dans *Beaux Arts*

Magazine. Pourtant, cette critique d'art a la dent dure. Elle repère la jeune femme blonde et solaire qui discute avec Gilles Lepoutre, le directeur de la galerie éponyme. Cynthia souffle à Elsa que la journaliste est la maîtresse de Lepoutre, et que « forcément ça aide pour avoir bonne presse ». Elsa ne relève plus les piques de son amie : elle est maladroite mais au fond ne cherche pas à la blesser. Cynthia aime surtout cancaner, une vraie commère avec le sens du récit et les intonations qui vont avec. Un couple, homme à moustache façon Dalí et épouse au carré lisse, s'avance vers Elsa. Elle ne les connaît pas. La femme engage la conversation :

– Elsa Cala, vous êtes décidément très douée, j'avais adoré vos natures mortes, c'est casse-gueule, les natures mortes, et là vous me bluffez avec cette série de monochromes qui tranche totalement avec ce que vous faites d'habitude, c'est brillant, mademoiselle, brillant !

Elsa rougit. Et tandis que Cynthia s'éloigne pour rejoindre le groupe d'anciens de leur promo, le faux Dalí ne tarit pas d'éloges sur le travail d'Elsa.

– C'est audacieux, c'est vif, violent et beau à la fois, j'aime votre univers.

– Ah merci ! À qui ai-je l'honneur ?

– Sophie et Thibault de La Patelière, collectionneurs d'art, chineurs et viticulteurs en Bourgogne, à une vingtaine de kilomètres de Dijon, nous avons un manoir près du Clos de Vougeot. Je me disais qu'il nous manquait un tableau un peu imposant dans notre salle à manger, et j'y verrais bien ce rouge vif.

– Il s'intitule *Corrida*… Je voulais représenter le sang du taureau et celui du torero mêlés, c'est pourquoi vous noterez plusieurs nuances de rouge…

– *Corrida*, c'est parfait, ça ! J'adore. Vous êtes géniale, vraiment !

La châtelaine hurle son enthousiasme. Bien que gênée, Elsa est ravie d'avoir des acheteurs pour son tableau le plus monumental. Gilles Lapoutre s'approche et lui glisse à l'oreille la bonne nouvelle :

– La moitié des tableaux sont déjà vendus, c'est gagné ma belle…

Elsa jubile. Le succès est immédiat. Les mois de travail acharnés durant lesquels elle a vécu quasi recluse ont donc porté ses fruits. Elle va pouvoir se reposer un peu. L'été est là, et elle se dit qu'elle va en profiter, se payer un voyage, la

Grèce peut-être, ou la Sardaigne. Non ce sera la Sicile, elle a très envie de voir Palerme et Syracuse. Elle a envie de soleil, de mer, de vieilles pierres et d'accent chantant. François, son petit frère, la sort de sa rêverie. Il la taquine sur sa robe.

– Ben ma sœurette, c'est le festival de Cannes, tu as mis le paquet… Bon, en même temps, ça fait des semaines que tu n'es pas sortie, tu as raison de te faire plaisir.

– Je me sens un peu cruche comme ça, et puis le bustier n'arrête pas de glisser, je suis tout le temps obligée de le remonter pour pas me retrouver seins nus.

– T'inquiète, tu es très belle, vraiment, on dirait une actrice, tu vas pas repartir seule ce soir.

– François, j'ai pas la tête à ça, je ne mélange pas boulot et séduction.

– Bah, tu devrais pourtant, d'ailleurs y en a un qui ne te lâche pas du regard. Tu le connais ?

Elsa n'avait pas remarqué l'homme très brun en jean et chemise en lin qui descend de la mezzanine. Il saisit deux coupes de champagne et se dirige vers Elsa. François donne à sa sœur un coup dans les côtes et lui fait un clin d'œil.

– T'as plus qu'à assurer sœurette, évite de bégayer et tout ira bien.

L'homme a les yeux bleus, presque turquoise, elle n'a jamais vu des yeux de cette couleur. Elle pense : « Il est très beau, trop beau pour être honnête... » Maintenant face à elle, il lui tend une des deux coupes de champagne et lui offre un sourire carnassier. Elsa renverse un peu d'alcool par terre, tant sa main tremble. Elle émet un petit rire honteux. L'homme perçoit son trouble.

– Ce n'est pas facile, n'est-ce pas ?

– Qu'est-ce qui n'est pas facile ?

– D'être l'objet de tous les regards...

Elsa sent ses joues s'empourprer. C'est son regard à lui qui la perturbe.

– Oui, mais ce sont mes tableaux que les gens regardent surtout, heureusement...

– Moi, je n'y connais pas grand-chose en art.

– Vous n'aimez pas mes tableaux ?

– Ah si, mais je crois que je préfère m'attarder sur vous. Vous avez quelque chose d'unique, je trouve, et ce n'est pas que physique, vous dégagez quelque chose de puissant, si puissant et si fragile à la fois...

Elsa est soufflée. C'est comme si cet inconnu l'avait percée à jour, elle a l'impression qu'il lit en elle. C'est très déstabilisant mais agréable aussi. Elle ne voit plus rien autour d'eux. Il n'y a que lui qui compte dans cette soirée. Il lui apprend qu'il s'appelle Éric, qu'il est un ancien champion de tennis, désormais agent de sportifs. Il aimerait beaucoup l'emmener ailleurs. Loin des autres, loin des sollicitations, loin de la rive gauche. Il dit qu'il la veut pour lui seul. Elsa est traversée par un désir aussi soudain qu'inouï. Une attraction folle et effrayante à la fois. Elle n'a jamais rien senti de semblable auparavant. Elle se demande s'il s'agit de ce qu'on appelle le coup de foudre, elle se sent démunie face à ça. Vivante et paniquée à la fois.

Elle éprouve un besoin soudain de s'éloigner de cet homme, elle flaire en lui quelque chose qui l'effraie, sa trop grande assurance peut-être. Pourtant il l'attire follement. Il est magnétique. Fatale attraction. Elle repère sa mère seule dans un coin de la galerie, qui fixe avec ennui ses mocassins un peu trop fermés pour la saison, elle n'est pas dans son élément, la rive gauche et ses mondanités, c'est bien loin de Châteauroux. Elsa a grandi dans l'Indre, dans une zone pavillonnaire, à douze kilomètres de Châteauroux, elle n'aime pas trop y retourner sans pour autant renier en rien ses origines modestes et provinciales, là-bas. Elle s'ennuie à Châteauroux, elle tourne en rond à Châteauroux, elle a du mal à créer à Châteauroux. Elle s'isole souvent dans son atelier de la rue de Bruxelles, mais elle a besoin de sentir la ville qui bouge autour, d'entendre les klaxons, les voix des passants, parfois leurs cris, le vrombissement des moteurs, les crissements des pneus de vélo, la verrière de l'atelier fait barrage avec le monde mais elle se sent au milieu du monde, faire partie d'un grand tout qui vibre, s'active, bouillonne. Le bel inconnu continue de lui faire des compliments, il dit qu'il aimerait toucher sa peau. Elsa pense qu'il en fait trop, que c'est un séducteur qui écume les soirées, qu'il s'évertue à l'attirer dans son lit le temps d'une nuit. Elle prend congé de lui. Il faut qu'elle aille parler à sa mère. Elle se sent nue sous le regard d'Éric qui ne la lâche pas, elle a du mal à rester concentrée sur les paroles de sa mère, elle en perçoit quelques bribes. Feignant de s'intéresser à la conversation, elle lui demande des nouvelles de ses tantes et d'Émilie, son amie d'enfance, qui n'a pas pu venir, n'ayant trouvé personne pour garder ses deux petits. Elle n'écoute que d'une oreille les réponses de sa mère, qui finit par s'en apercevoir.

– Ma chérie, ça ne va pas ? Tu es ailleurs…

– Si si, ça va, c'est tout ce monde, le champagne, la chaleur, ça me tourne un peu la tête.

– Je vais te chercher de l'eau et un truc à manger au buffet.

À peine sa mère tourne-t-elle les talons qu'Elsa sent une décharge électrique remonter le long de sa colonne vertébrale. Elle ferme les yeux, son corps entier est parcouru de frissons, elle n'a pas ressenti pareil émoi depuis son premier baiser adolescent avec Jean, derrière l'église du couvent des Cordeliers à Châteauroux. Une chaleur délicieuse se propage en elle. Éric vient de poser sa main sur son épaule. Il lui susurre à l'oreille :

– Viens, on s'échappe…

Elsa n'hésite pas un instant, elle va tous les planter là, avec leurs rires hypocrites, leurs regards envieux, ce ne sera pas la première fois qu'elle s'éclipsera à l'un de ses vernissages. Ils n'ont pas besoin d'elle, ses tableaux se vendent sans elle, elle a fait son boulot et une apparition dans une robe de soirée, ça suffit pour marquer le coup. Éric lui saisit la main, elle ne prend même pas la peine de dire au revoir, laissant sa mère stupéfaite avec son verre d'eau et ses petits-fours à la main. À cet instant, elle oublie tout, Châteauroux, l'art, les galeries de Saint-Germain, les Beaux-Arts, elle n'est plus rien de tout ça, à cet instant, elle est juste cette femme qui a très envie de suivre un homme jusqu'au bout de la nuit et bien plus encore.

Elle sort de la galerie avec Éric. Ils se dévisagent et éclatent de rire. Ils sont raccord. Elsa le suit rue Jacob où il a garé sa moto. Il sort deux casques du top case et une veste légère. Elsa n'est jamais montée sur une moto, seulement sur le scooter de Jean à Châteauroux. Deux fois qu'elle pense à Jean en une soirée, pourtant elle n'a plus de nouvelles de lui depuis deux ans, elle devrait l'appeller plus souvent. Éric l'aide à enfiler le casque et à l'ajuster. Elle confesse ses craintes de monter derrière lui, il lui promet de rouler doucement. Elle ose un : « On va où ? », il lui répond par un regard rieur, grimpe sur la moto, lui fait signe d'en faire autant et démarre. Elsa se colle à ce dos inconnu, ferme les yeux et sourit. Le vent chaud souffle sur ses joues, elle enfouit ses mains dans les poches de la veste d'Éric. Elle voit la ville défiler à grande vitesse, elle n'a pas peur. Rien ne peut lui arriver, elle se sent en sécurité contre cet homme qu'elle ne connaît pas. Place de la Concorde, la Madeleine, Saint-Augustin, boulevard des Batignolles, place de Clichy, le Sacré-Cœur se rapproche et son atelier également. Elle pourrait décider de tout arrêter maintenant sur un claquement de doigts, elle pourrait demander à Éric de la déposer là au coin du boulevard de Clichy et rentrer chez elle, seule, retirer sa robe, passer un legging et un débardeur, s'affaler sur son lit, et cogiter le thème de sa prochaine série de tableaux. Elle pourrait choisir de ne rien changer à sa vie, ne pas prendre le risque de tout chambouler. Elle pourrait tout ça, mais elle demeure scotchée à ce corps inconnu qu'elle serre de plus en plus fort.

La moto passe le pont du cimetière Montmartre, file sur la rue Caulaincourt, tourne avenue Junot où Éric gare son engin. Elsa se demande s'il habite dans l'une des rues les plus chères de Paris. Il l'entraîne vers une grille qui ouvre sur un jardin et révèle un hôtel niché dans un coin de verdure. C'est l'Hôtel Particulier, elle y est venue une fois avec des copines. Elle adore cet endroit. En terrasse, il n'y a personne, c'est étrange pour un jeudi soir de juin. Éric n'a pas l'air de s'en étonner. Il affirme que c'est ouvert.

– Installe-toi sous la véranda, j'en ai pour une minute.

La nuit tombe enfin. Les lampions du jardinet s'allument. Éric revient.

– Pour l'occasion, j'ai privatisé les lieux…

– Pardon ?

– Le patron est une vieille connaissance, dès que je t'ai vue je l'ai appelé pour qu'on ait le bar et le jardin pour nous.

– Mais, tu es dingue…

– Oui, un peu.

– Et chaque fois que tu flashes sur une femme tu lui fais le coup ?

– Mais non, je ne sais pas ce qui m'a pris, quand je t'ai vue j'ai ressenti quelque chose de fort, alors j'ai pensé à ce truc fou… Je te fais peur ? J'en fais trop ?

– Non, mais c'est… inattendu.

– C'est toi qui es inattendue. Je t'assure, je n'avais rien calculé.

– J'ai l'impression d'être dans un film avec Julia Roberts.

Tout cela semble tellement irréel ! Pourtant, Elsa finit par se détendre et se laisser porter par l'audace du moment. Elle savoure les meilleurs cocktails qu'elle ait jamais bus et un carpaccio de daurade. Une musique électro discrète accompagne leur dîner. L'alcool aidant et la capacité d'écoute d'Éric la rassurant, elle se dévoile peu à peu, confiant ses craintes en amour, ses échecs et ses peines. Il acquiesce à tout ce qu'elle dit, affirme que lui aussi a vécu des situations similaires, il va même jusqu'à lui confier qu'il n'arrive plus à se donner pleinement en amour depuis que sa dernière compagne l'a quitté après une fausse couche. Lui aurait tout donné pour avoir un enfant avec elle. Elsa devine une larme dans le regard turquoise d'Éric, elle est touchée. En plein cœur. La musique change de registre. Elle reconnaît les premières notes de *She* de Charles Aznavour. Elle sourit intérieurement et note l'allusion à Julia Roberts dans *Coup de foudre à Notting Hill.* Éric déploie un romantisme dégoulinant, Elsa fond et finit par s'avouer qu'elle adore ça.

Éric se lève, lui tend la main, ils se mettent à danser au milieu du jardin. Le slow se poursuit, sans la musique. Ils n'ont pas envie que ce moment cesse. Elle lève la tête qu'elle avait gardée enfoncée dans la poitrine d'Éric, distingue deux silhouettes à la fenêtre d'une chambre de l'hôtel, Éric murmure :

– C'est un couple qui envie notre folie.

Elsa s'apprête à répondre mais il lui pose un doigt sur les lèvres.

– Chut…

Et il l'embrasse fougueusement. Elsa pense qu'il a réservé une chambre ici, mais contre toute attente il va régler l'addition et l'invite à quitter les lieux. Elle ose alors :

– On va chez toi ?

– Donne-moi plutôt ton adresse.

Sur la moto, elle n'est plus que désir. Ça palpite fort dans tout son corps. Elle imagine les mains d'Éric la déshabillant lentement, son regard sur ses seins, ses doigts effleurant ses hanches. En moins de cinq minutes, ils sont déjà rue de Bruxelles. Elsa descend de moto, Éric lui retire son casque. Il l'embrasse tendrement. Elle est devant l'entrée de son immeuble, compose le digicode, entre dans la cour. Éric reste dans la rue. Inquiète, elle se demande pourquoi il ne la suit pas. Il anticipe sa question et calme son appréhension :

– C'était intense ce soir, restons sur ce tendre baiser et nos émotions partagées. Je te promets que ce n'est qu'un début. À bientôt, ma magnifique.

*

* *

Ce soir-là, j'étais sa magnifique, et lui était déjà le diabolique. Avec le recul, j'y vois plus clair dans son comportement du premier soir. Il m'a séduite en un rien de temps, il m'en a jeté plein la vue, mais cela faisait déjà partie de son plan redoutable. Ce soir-là, j'étais sa proie, il lui en fallait une, et j'ai mordu à l'hameçon. Il m'a attirée à coups de sourires enjôleurs, de paroles flatteuses, d'écoute généreuse. Tout ceci n'était que mensonge et stratégie, c'était facile de m'attirer dans son piège. Il m'a même cueilli une rose dans le jardin de l'hôtel à Montmartre, une rose rouge foncé, presque noire, je l'ai regardée longtemps se faner en souvenir de cette soirée puis sécher sur ma table de nuit, cette rose de mauvais augure. J'ai cru au coup de foudre, car il m'a plu au premier regard, quand je l'ai vu descendre de cette mezzanine, plus rien autour n'existait. Lui avait tout prévu avant, il n'était pas venu à ce vernissage par hasard. L'année dernière, c'est avec stupeur que j'ai découvert dans notre cave, bien cachées dans une valise, des coupures de presse retraçant mon parcours, des citations de moi entourées de rouge. Il m'avait ciblée, pour ma notoriété dans le milieu de l'art, pour mon argent. Il avait également lu que j'étais célibataire, il avait en quelque sorte fouillé dans ma vie pour préparer le terrain. Je m'entends encore affirmer quelques jours après notre rencontre : « J'ai trouvé mon double en toi. » Il calquait ses propos sur les miens, mes émotions donnaient le tempo aux siennes. Il répondait à chacun de mes rires, je voyais des larmes mouiller ses yeux lorsque j'étais triste, il avait les mêmes goûts que moi, même culinaires. Il anticipait mes attentes et, aussi, il me surprenait tant. Nous étions des amants, nous étions des amoureux, nous étions également comme frère et sœur, des âmes sœurs.

Cette première nuit, il n'était pas resté dormir avec moi, j'étais déçue, mais j'avais trouvé que c'était classe, que ce n'était pas un séducteur d'un soir, c'était un gentleman. En fait, il jouait avec mon désir pour me rendre dingue de lui. Il me frustrait pour créer le manque et susciter l'envie de le revoir. Il a fait en sorte que je sois très vite accro. Dès la première soirée, il a pris les choses en main, en m'extrayant de la galerie, il a fait preuve d'initiative, et d'assurance. J'avais besoin de ça, d'un homme qui prend des décisions, qui n'est pas lâche. Moi qui, malgré le succès, avais un terrible manque de confiance en moi, qui étais d'une timidité presque maladive, surtout avec les hommes. Lui, il en imposait, il était très positif, alors, je me suis dit, cet homme-là va me porter, il va me tirer vers le haut, c'est exactement ce dont j'ai besoin. Son charisme m'épatait, il savait s'adapter à toutes les situations. Ce soir-là, il m'a confié son histoire familiale, il avait été marié, sa femme l'avait quitté pour son meilleur ami. Plus tard, il y avait eu la jeune fille qui l'avait abandonné après une fausse couche. Malgré la douleur, il s'était relevé, avait monté son agence de sportifs, décroché des contrats… J'admirais son parcours, et sa capacité à passer d'un univers à l'autre, sport, art, restauration, un touche-à-tout qui ne se laisse pas couler. Cet homme m'a séduite par son ambition. Et sa franchise. Deux jours après notre rencontre, il m'avouait qu'il vivait avec quelqu'un, mais qu'il allait la quitter sur-le-champ et que si je ne le croyais pas il l'appellerait devant moi. Et il l'a fait. Je le trouvais tellement courageux, ça changeait des hommes qui jouent double jeu. De cette manière, il disait : « J'ai même pas peur de la quitter pour toi que je connais à peine. » C'était une sacrée preuve d'engagement.

Mais tout cela n'était que du vent, de la poudre aux yeux, de l'encre balancée pour cacher le vide en lui, et surtout la perversion. Dans cette phase de séduction, il a sorti son masque d'acteur, il a déployé sa peau de caméléon pour ferrer son public et sa proie. Il a su tout de suite identifier mes failles pour s'y glisser. Ainsi il a pu aisément composer avec moi une partition adaptée à mon histoire, ma personnalité, mes fragilités. Il a surjoué pour devenir très vite l'amoureux et le compagnon idéal. Il a senti que j'étais hypersensible, très empathique, tout l'inverse de lui, le narcissique. Comme je vis à travers mes émotions, que celles des autres me nourrissent, et me bouffent aussi, je me suis laissé emporter, je lui ai tout révélé de mon être, je me suis confiée sans retenue, suis mise à nu, sans penser à mal, sans imaginer qu'il allait tout vampiriser, enregistrer, pour l'utiliser plus tard contre moi. Le percevant comme mon double, j'étais dépendante de lui, et lui avait besoin de moi comme d'un miroir qui lui renvoyait une belle image de lui-même qui flattait son ego surpuissant. Oui, je croyais sincèrement avoir trouvé l'âme sœur, je me sentais unique pour lui, il m'a courtisée de façon folle, comme aucun autre auparavant, occupant entièrement mon esprit, et ce dès le premier soir. Cette première nuit, il ne m'a pas fait l'amour, mais je n'ai pas dormi, car il a continué notre échange par SMS, jusqu'au petit matin, et à midi, il avait déposé des fleurs sur le pas de ma porte, sans sonner pour me les offrir en mains propres. Cette première soirée, je me suis sentie incroyablement valorisée, belle, forte, intelligente, son charme agissait sur moi, j'aimais son audace et il me rendait audacieuse, il était magnétique, en fait il m'avait magnétisée, comme s'il m'avait jeté un sort, un mauvais sort. J'étais sa magnifique et il était déjà le diabolique.

2

L'emballement des cœurs

L'eau s'écoule sur sa peau. Les yeux fermés, Elsa prend une douche, longue, bienfaitrice. Elle n'a pas dormi de la nuit. À peine arrivée chez lui, Éric l'a bombardée de messages enthousiastes où il lui déclarait sa flamme. Elle n'a rien pu faire aujourd'hui, pas même répondre aux coups de téléphone affolés de sa mère ni aux SMS curieux de Cynthia. Tous l'ont vue partir au bras du bel inconnu. Perturbée, sonnée par tant d'émotions, incapable d'avaler quoi que ce soit, elle a préféré se couper du monde. Vers 15 heures, elle a fini par s'écrouler et s'endormir sur le canapé. Deux heures plus tard, la sonnerie de l'entrée l'a réveillée. François se tenait là, avec à ses pieds un bouquet de fleurs.

– Ce n'est pas moi…

Elsa trouve une carte plantée à l'intérieur. *Pour la plus belle des fleurs. Éric.*

– Éric ? C'est le mec de la galerie ? Raconte…

– François, attends, suis un peu sous le choc, là…

– Ah ouais carrément, sous le choc !

– Oui, c'est ça, sous le choc, comme si je m'étais pris un uppercut en plein cœur.

Puis elle a filé sous la douche, elle prolonge ce moment, sachant que François l'attend dans le salon. Comme d'habitude, son petit frère veut tout savoir. François est son confident, un meilleur confident que Cynthia, que n'importe quelle amie d'ailleurs. François la protège mais ne la dissuade jamais de vivre les choses comme elle l'entend, quitte à se prendre des coups dans la gueule. Lorsqu'elle avait quitté Châteauroux, il l'avait suivie, il voulait faire ses études là où était sa sœur, bien qu'il n'ait même pas encore terminé le lycée. Leur mère leur avait acheté, avec une part de l'héritage du grand-père, un petit deux pièces près de la porte de Clichy, à l'époque les prix de l'immobilier ne flambaient pas, le quartier presque périphérique était dans leurs moyens. Elsa allait aux Beaux-Arts en bus, traversant tout Paris, émerveillée, tandis que son petit frère n'était qu'à cinq minutes du lycée Balzac, sur les Maréchaux. Quand Elsa avait commencé à vendre un peu ses tableaux, elle avait pu s'acheter l'atelier de la rue de Bruxelles. Maintenant François est ingénieur du son et vit toujours dans le petit appartement de la porte de Clichy. Le quartier est plus coté. Avec la proximité des Batignolles et du nouveau palais de Justice, il s'est boboïsé. Elsa et son frère se voient désormais deux fois par semaine, dont une fois à la piscine, celle un peu vieillotte où ils ont leurs habitudes depuis des années, rue de la Jonquière. C'est leur seule séance de sport, mais elle est sacrée. Ils ont coutume d'aller ensuite s'approvisionner chez le traiteur italien plus haut dans la rue en remontant vers Guy-Môquet. Ce Napolitain a la meilleure huile d'olive de Paris et tout un tas de pâtes fraîches et de fromages truffés plus délicieux les uns que les autres. Puis, ils prennent une bière au Championnet, brasserie où l'on peut encore croiser de vrais titis parisiens. Elsa aime l'authenticité de ce quartier à cheval sur les 17e et 18e arrondissements, la mixité de ses habitants, l'esprit village et le marché de l'avenue de Saint-Ouen. Bien qu'habitant désormais dans le 9e arrondissement, c'est encore là qu'elle fait ses courses.

La douche devient froide, le ballon d'eau chaude de l'atelier n'est pas grand, en plus ça doit bien faire une demi-heure qu'elle laisse couler l'eau sur son corps. François finit par frapper à la porte de la salle de bains.

– Elsa, tout va bien ? T'es encore vivante ?

Vivante, ça oui, elle est bien vivante. Troublée, perturbée même et débordant de désir. Terrorisée à l'idée de revoir Éric et tout aussi inquiète de ne plus jamais entendre le son de sa voix rauque et chaude. Elle sort enfin de la brume de la cabine de douche. Suffoquant, elle ouvre la fenêtre pour aérer. Elle se regarde un long moment dans le miroir, pince ses joues rougies par la chaleur ambiante, écarquille grand les yeux, s'amuse avec son nez en trompette. Elle se trouve jolie, seules quelques rides d'expression ont un peu brouillé ses traits d'adolescente. Elle a la chance d'avoir un visage poupin et une peau pâle et lisse qui ne marque pas. Elle laisse glisser sa serviette de bain, palpe ses seins bien rebondis, passe la main sur son ventre plat, ses hanches bien dessinées. Elle se demande si Éric aimera ce corps.

– Elsa, qu'est-ce que tu fous ?

Elle enfile son jogging gris, son jogging « doudou » qui l'enrobe de bien-être, et finit par sortir de la salle de bains. Elle se colle à François sur le canapé.

– Alors Cendrillon, tu as raté le carrosse de minuit pour rester avec le prince charmant...

– François... c'était dingue !

Elsa fait le récit de sa soirée dans un flot continu de paroles enjouées. François n'en perd pas une miette, ébahi mais surpris par tant de romantisme et de perfection.

– Bon, c'est hallucinant, mais on ne s'emballe pas hein, on garde les pieds sur terre. Il te veut, c'est certain, mais on demeure vigilants ! Ça sent quand même le bourreau des cœurs à plein nez.

Elsa sait tout ça, mais elle s'accroche aux vibrations de cette folle nuit, aux belles paroles, aux sourires, aux mains qui s'effleurent, aux baisers prometteurs. Elle sait que son frère veut son bonheur, qu'il est là pour l'alerter, pour l'aider à tempérer son ardeur.

– Tu as mangé quelque chose depuis ton carpaccio de daurade qui n'a pas dû t'étouffer ?

– Non, rien... j'y arrive pas.

– Bon, tu es trop vieille pour ne vivre que d'amour et d'eau fraîche, je vais te faire mes spaghettis aux légumes.

L'odeur de la sauce mijotée a mis Elsa en appétit. Avec son frère, elle déguste le plat de pâtes. François est bel et bien un cuisinier hors pair. Avec un rien, il fait des miracles. Le téléphone d'Elsa vibre. C'est Éric. Elle est tétanisée.

– Ben, réponds ma grande… sois pas cruche !

Elle décroche. La voix d'Éric la renverse instantanément.

– Elsa… Oh Elsa, je n'ai pas arrêté de penser à toi de la journée…

– Merci pour les fleurs, elles sont magnifiques…

– C'est toi, ma magnifique, Elsa… Je veux te voir ce soir, demain, après-demain, en fait je veux te voir tout le temps !

– Ce soir… Je vais devoir dormir, ce soir…

– Eh bien, je viendrai te regarder dormir. Je suis là dans une heure.

Elsa raccroche, abasourdie. Elle voulait vraiment se reposer, retrouver ses esprits, faire baisser la température, et voilà qu'il prend une nouvelle fois les choses en main. Comment le freiner ? Mais a-t-elle vraiment envie de le freiner ? Au fond, elle n'en a pas du tout envie.

– Il arrive dans une heure…

– Mais, Elsa, il s'impose, là !

– Oui, mais moi, ça me plaît, et puis ça fait une éternité que je n'ai rien vécu. C'est ça ou Cynthia finira par me créer un profil Tinder…

– Bon, après tout, tu es une grande fille, mais je veux pas te récupérer à la petite cuillère, si ça ne marche pas…

François embrasse sa sœur sur le front et la laisse se préparer pour l'arrivée d'Éric. Elle se regarde dans le miroir de l'entrée. Si elle ne peut pas le recevoir en jogging doudou, pas question de mettre une robe de gala non plus. Elle opte pour une simple robe noire en coton, façon nuisette, sans être trop sexy. Après tout, il a dit qu'il venait juste la regarder dormir. Jamais un homme n'est venu la regarder dormir. Éric est un Ovni. Elle craque complètement.

Pile une heure plus tard, elle fait visiter son appartement à Éric. Ils passent du temps dans l'atelier, elle lui explique ses œuvres, il écoute avec patience et intérêt. Parfois il prend sa main, parfois il l'attire à lui pour un baiser. Elle se demande quand il va lui faire l'amour, il fait traîner les choses. Elle n'en peut plus. Mais elle n'ose pas formuler son envie.

Enfin, il se décide à accélérer le mouvement. Il veut lui faire l'amour dans l'atelier. Elle s'y refuse : le sexe devant ses tableaux, ça la bloque.

Il comprend. Il la soulève, elle entoure sa taille de ses jambes, il la porte jusqu'à son lit, la dépose, retire sa robe doucement, délicatement, comme un emballage cadeau qu'on ne voudrait pas déchirer. Elle défait la boucle de sa ceinture. Il se déshabille à son tour. Il reste un long moment à la contempler puis parcourt tout son corps de ses larges mains. À son tour, Elsa explore la peau de son nouvel amant, surprise par sa propre audace. Ils mêlent leur sueur et leur salive. C'est une révélation. Ils demeurent nus l'un contre l'autre durant une délicieuse éternité. Le téléphone d'Éric se met à vibrer, l'obligeant à s'extraire de leur bulle de plaisir. Il se lève, quitte la chambre. Elle perçoit des bribes de sa conversation : « Non, je ne rentrerai pas » ; « N'insiste pas, c'est comme ça » ; « Pas la peine de pleurer. » Puis, le silence. Le cœur d'Elsa bat fort. Elle a compris. Éric ne lui a pas tout confié hier. Il n'est pas célibataire. François avait raison, elle est allée trop vite. Elle attend le verdict. Il va la mettre à terre d'une parole. Il entre dans la chambre. La tension est palpable. Elsa a le regard triste.

– Je sais, Elsa, ce que tu te dis à l'instant, hier dans la fougue de notre rencontre, je n'ai pas trouvé le moment de t'en parler. Oui, je vis avec quelqu'un. Oui, tu dois te sentir trahie. Mais, ça fait des semaines que cette relation se ternit, que l'on se déchire, elle et moi. Elle est jalouse. Elle me fait des scènes horribles, du chantage au suicide. Je n'en peux plus. Je lui ai dit ce matin que je t'avais rencontrée, que je voulais te revoir. Je ne peux pas être avec deux femmes à la fois, c'est pas mon genre, et je veux être avec toi, Elsa…

Il lui prend la main, elle le repousse.

– Elsa, si tu ne me crois pas, je l'appelle immédiatement pour lui annoncer que je la quitte.

Éric compose le numéro de la jeune femme, met le haut-parleur.

– Alice, j'ai rencontré Elsa, plus rien n'est possible entre nous. Oublie-moi.

Voilà ! Quitter quelqu'un, c'est simple comme un coup de fil. Il raccroche. Elsa trouve ça cruel pour l'amoureuse éplorée, mais aussi incroyable. Éric est de cette trempe d'hommes, capables de tout remettre en cause pour quelqu'un, de tirer un trait sur une relation pour en débuter une autre. C'est vertigineux. Tout s'embrouille dans sa tête, elle a peur qu'un jour il la quitte à son tour brutalement pour une autre, elle tait ses inquiétudes et choisit de prendre ce risque. Elle se glisse sous les draps, invite Éric à l'y rejoindre. Elle ne tarde pas à s'endormir sur le torse de son amant. Il lui caresse les cheveux, victorieux. Plusieurs fois dans la nuit, Elsa se réveille, lève les yeux vers le visage d'Éric, il ne dort pas. Elle s'en étonne, il plaisante : « Je suis venu pour te regarder dormir, alors, je te regarde dormir. » Elle sourit, rassurée : cet homme-là veille sur elle. Cette histoire n'est pas un mirage.

Le lendemain, ils paressent longtemps au lit, apprenant à connaître la moindre parcelle de leurs corps, les petites imperfections qui rendent chacun unique. Elsa a un grain de beauté au-dessus de la lèvre, comme un piercing naturel selon Éric ; Éric a une oreille un peu décollée, Elsa dit que c'est pour mieux recueillir ses futurs mots doux. Leurs téléphones n'arrêtent pas de sonner, ils écoutent ou lisent leurs messages, mais n'y répondent pas. C'est Lepoutre pour confirmer à Elsa que l'expo fait un tabac, Cynthia pour tout savoir sur le bel inconnu, sa mère, déçue d'être montée une fois de plus à Paris pour la voir si peu, François pour vérifier qu'elle est toujours vivante, François encore pour rappeler qu'ils ont piscine-traiteur-italien-bière. Éric finit par se lever, il doit aller prendre ses affaires chez son ex, il s'installera pour quelque temps chez son cousin architecte à Montreuil.

– Je sais ce que tu penses, Elsa. Oui, mon cousin architecte qui vit à Montreuil, ça fait un peu cliché, je te l'accorde, mais il est cool, mon cousin.

– Je pense juste que je ne veux pas que tu t'en ailles et que je veux encore tes baisers.

– Insatiable !

Il se hâte de s'habiller, embrasse Elsa sur le front et la laisse seule avec son désir et son parfum imprégné sur sa peau. Éric sent l'orient et le bois, c'est envoûtant et puissant à la fois.

Si Éric a déposé ses affaires chez son cousin à Montreuil, il n'y a pas dormi pendant une semaine, retrouvant Elsa toutes les nuits. Des nuits de sexe, de tendresse et de paroles, et peu de sommeil. Elsa n'a jamais autant parlé à un homme, autre que son psy, lui confiant jusqu'à sa rancœur envers sa mère de ne pas avoir su retenir son père. Parfois leurs confidences se sont faites sous forme de jeux.

– Elsa, quel est le moment où tu as eu le plus honte dans ta vie ?

– Euh… la fois où… non, je ne peux vraiment pas te raconter ça…

– Si, tu sais bien que tu peux tout me dire, je peux tout entendre de ta jolie bouche.

– La fois où, encore étudiante aux Beaux-Arts, je suis allée interviewer Gérard Garouste pour un magazine où je pigeais pour arrondir mes fins de mois. Je le retrouve à la galerie Templon où il expose, je m'assois un peu intimidée, plonge la main dans mon sac pour chercher mon dictaphone, et là, en plus de l'enregistreur, je sors ma petite culotte ! J'avais dormi la veille chez Cynthia…

– Ah, ça, c'est parce que tu étais déjà une sale petite allumeuse…

D'un coup, la voix d'Éric a changé, de rauque et enveloppante, elle est devenue sèche et froide. Ce ton, soudain péremptoire, déstabilise Elsa. Elle ne sait pas quoi répondre à cette attaque. Elle préfère ne pas relever, mais la phrase l'a blessée. Éric perçoit sa gêne, il sourit, sa voix redevient bienveillante et douce.

– Elsa, je rigolais, viens contre moi ma magnifique.

Pendant toute cette nuit, leur sixième ensemble, Éric garde la main d'Elsa dans la sienne comme s'il craignait qu'elle s'en aille, quand elle tente de la retirer, il serre plus fort. Elsa se dit qu'enfant il a dû manquer de tendresse maternelle. Au petit matin, Elsa sursaute : elle a rêvé d'un groupe d'enfants à la voix nasillarde lui répétant en boucle : « Tu n'es qu'une sale petite allumeuse ! » Elle est restée mutique une grande partie de la matinée, Éric a respecté son silence et prétexte une urgence au travail pour partir. Elsa réalise qu'elle ne sait même pas où se situe son agence. Il claque la porte. Est-il fâché de son silence ? Une heure après, elle reçoit un message vocal, il lui propose de le retrouver pour dîner dans un restaurant japonais, rue Gomboust, pas loin d'Opéra. Un vrai Japonais, précise-il, où l'on mange des ramens à tomber. Elle y arrive avant lui, s'installe à la terrasse et commande une bière asiatique. Elle l'aperçoit au coin de la rue, en un instant elle oublie la phrase malveillante et le malaise qu'elle a ressenti toute la journée. Le repas est en effet délicieux, au point de commander un deuxième bol de soupe plein de nouilles de soja, de légumes, d'œuf et de lard fumé. Une femme sort du restaurant, Éric semble mal à l'aise, il détourne la tête et se cache derrière sa main. La femme se plante devant lui, crache sur ses couverts. Elsa s'en offusque.

– Cet homme est le diable en personne. Un conseil, prends tes jambes à ton cou avant qu'il ne soit trop tard. Ma sœur, elle, n'a pas eu la chance d'être avertie, il l'a détruite.

Elle tourne les talons et s'éloigne. Éric prend la main d'Elsa et plante son regard turquoise dans le sien :

– C'est une mytho, je suis sortie avec sa sœur quand j'étais entraîneur. Je sais, je ne t'ai pas dit qu'après avoir été joueur et avant de devenir agent, j'entraînais une équipe de tenniswomen à Vitry. C'était une de mes joueuses. On a eu une brève histoire. Elle était tout le temps jalouse du temps que j'accordais aux autres sportives, elle était exclusive, tu vois le genre ? Alors, elle n'a pas supporté que je la quitte. Depuis, elle pourrit ma réputation… Elsa, je crois que je ne supporte plus Paris, je ne supporte plus la grande ville, j'ai besoin de nature, de la mer, de l'essentiel pour être entièrement avec toi.

*

* *

Des milliers et des milliers d'années
Ne sauraient suffire
Pour dire
La petite seconde d'éternité
Où tu m'as embrassé
Où je t'ai embrassée
Un matin dans la lumière de l'hiver
Au parc Montsouris à Paris
À Paris
Sur la terre
La terre qui est un astre.

Avec le bouquet de fleurs offert le premier jour, il y avait un poème de Jacques Prévert, ça parle de baiser, ça parle d'un amour inscrit dans l'éternité, d'un amour pur et léger, le programme était alléchant. Avec lui, la légèreté n'a jamais pu pointer le bout de son nez. Il voulait être entièrement avec moi. Il voulait fusionner avec moi. C'était sa façon d'aimer, disait-il, en fait, c'était sa façon de prendre le contrôle sur moi, de me mettre sous cloche. Je devais tout lui dire, tout partager de mes émotions, sentiments et pensées, je me suis ouverte très vite, on passait des nuits à discuter. Une semaine dans ses bras équivalait à dix ans de thérapie. Il me faisait me raconter, calquant son discours sur le mien. Il a forcé les verrous de ma parole. Il a compris ma personnalité, la femme sensible et empathique que je suis, j'étais la proie idéale. Mon enfance a été marquée par l'absence du père, l'absence d'une figure masculine sur laquelle m'appuyer. Il était doué, mes mots sortaient naturellement, sans qu'il me pose de questions. Mon frère m'a tout de suite alertée, je ne l'ai pas écouté, je me disais : « J'ai bientôt trente-huit ans, je suis célibataire sans enfant. À un moment, il faut foncer. » Ça me semblait évident. Mon horloge biologique me tendait plus que tout vers le désir de fonder une famille. J'étais lasse de ma prudence, de ma volonté de rester en contrôle de tout. Il était temps pour moi de me libérer de mes peurs, alors j'ai foncé tête baissée vers cet inconnu qui me semblait si prometteur. J'ai pourtant du caractère. De coutume, je fais preuve de discernement dans mes choix de vie, mais cette fois ma trop grande empathie et mon hypersensibilité l'ont emporté sur le reste. Dès la première nuit, j'étais prise au piège, sans possible retour en arrière. Une partie de moi pourtant criait méfiance, mais je ne voulais pas l'entendre, trop heureuse d'avoir trouvé celui qui me semblait l'homme idéal : ambitieux, joyeux, le sourire à toute épreuve. Durant cette première semaine, il y eut des moments magiques, d'intense complicité, de fous rires et de tendresse. Aussi, on se désirait follement. Sexuellement, il m'emmenait sur des terrains inouïs, que je n'avais jamais explorés, il mettait un point d'honneur à ce que je dépasse mes limites. Il m'apprenait à connaître mon corps, quitte à accepter des choses que je n'aimais pas vraiment au départ. Aujourd'hui, je sais qu'il me forçait, qu'il me contraignait à me plier à ses désirs à lui. Très vite, nos rapports intimes ont changé, ils duraient moins longtemps, je devais obéir à un protocole répétitif, un enchaînement de positions décidé par lui. Avec le temps, j'ai vécu ça comme une contrainte, quelque chose de violent. J'ai dicté à mon corps d'accepter chacun de ses gestes. J'ai dicté à mon corps de ne pas se braquer quand il le soumettait. J'ai dicté à mon corps de se laisser posséder. J'y ai perdu mon amour-propre.

« Tu étais déjà une sale petite allumeuse ! » Cette première phrase dérangeante m'avait déstabilisée mais pas au point de m'inciter à m'opposer à lui. Je me suis laissé faire, j'ai accepté cette première pique sans vraiment broncher, la première d'une longue salve d'humiliations verbales, des lames qui transpercent le cœur, qui fendent l'âme, font perdre pied. Cette petite phrase odieuse s'intègre dans le long processus de dénigrement dont j'ai été victime. Oui, victime. Aujourd'hui, je n'ai pas honte de le clamer. Suivront l'intolérance à la critique, les discussions qui tournent à vide, l'inversion de tout, la relation qui rend fou, puis le déni. Faisant le nid de la perversion.

Comment et pourquoi n'ai-je pas écouté cette femme qui nous avait interpellés sur cette terrasse de restaurant ? Pourquoi ai-je préféré croire à son mensonge à lui plutôt qu'à sa vérité à elle ? Pourquoi ai-je accepté de plier l'échine et d'intégrer sa légende à lui, d'entrer dans sa folie ? Comme si notre union était une nécessité absolue au point de nier la cruauté des évidences et la réalité implacable. Qu'auraient été mes trois dernières années si j'avais choisi ce soir-là de prendre mes jambes à mon cou, comme cette femme m'exhortait à le faire ? Mon quotidien aurait été beaucoup plus doux, plus calme, je n'aurais pas été emportée par un vent de folie, terrifiée sur des montagnes russes émotionnelles ; je n'aurais pas touché le fond, malmené mon être, perdu ma sève et mon souffle. Je n'aurais pas été dévastée, ne me serais pas perdue. Je serais restée moi-même, une femme bien dans sa peau. Je n'aurais pas tourné le dos à ma mère, pas tiré un trait sur mon frère, sur Paris, les galeries, mon atelier et tout ce qui appartient désormais à mon passé.

Aujourd'hui, je n'ai pas toutes les réponses, je revois à peine la lumière, pour de bon, alors que pendant trois ans il n'a cessé de maintenir ma tête sous l'eau, de l'en ressortir le temps que je reprenne un peu mon souffle, pour l'y replonger ensuite, comme un bourreau qui cuisinerait un prisonnier de guerre. Je n'ai pas toutes les réponses, mais j'ai enfin arrêté de culpabiliser, de me dire que j'étais une pauvre idiote de me laisser infliger pareilles souffrances, mais on ne choisit pas de vivre sous emprise, on s'y engouffre insidieusement.

3

La surprise

Trois jours qu'Elsa n'a pas vu Éric. Elle ne comprend pas pourquoi. Il ne répond plus à ses messages, ce silence la rend dingue. Il a dû retourner chez son ex. Elle n'a même pas l'adresse de son cousin architecte à Montreuil – il y en a tellement, des architectes à Montreuil. Elle est totalement démunie. Elle a pleuré toute la soirée, n'osant pas appeler Cynthia, et encore moins François, tant elle a honte. Honte d'admettre qu'elle s'est trompée, honte de s'avouer qu'elle a affaire à un salaud, honte de s'être fait berner. Alors, elle s'enfonce dans son malheur, culpabilise, s'en prend à elle-même, enfouissant son visage dans son oreiller. La sonnerie de l'entrée retentit. Elle n'a pas envie de se lever. On insiste.

Elle va ouvrir en pestant. Éric se tient là, tout sourire, croissants et bouteille de champagne à la main. Une valise derrière lui.

– Me voilà, Elsa ! Pour de bon, cette fois !

– Pardon ?

– J'ai pris ma décision, je m'installe avec toi, j'ai tout mis en ordre ces derniers jours…

Elsa reste sans réaction. Elle a du mal à exprimer son enthousiasme.

– Eh bien, cache ta joie, là. Tu te rends compte de ce que je fais pour toi. Tu me déçois, Elsa. Je suis prêt à tout pour toi, à tout laisser derrière moi, ma compagne, mon agence, Paris même, si tu le désires.

Il se met à pleurer. Elsa est émue. Jamais un homme n'a pleuré pour elle avant. Il pose les croissants et la bouteille sur le palier, et repart. Elsa est sonnée. Elle pense qu'elle est en train de le perdre à jamais. Enfin, elle se décide à bouger, il est déjà sur le boulevard. Vêtue d'un short et d'un débardeur, les cheveux totalement emmêlés, elle lui court après dans la rue. Elle se voit dans une vitrine, elle se trouve l'air d'une folle.

– Éric, attends !

Elle le rattrape, il daigne s'arrêter, ses yeux sont rouges, son souffle court ; il a l'air vraiment blessé. À cet instant, elle pourrait se jeter à ses pieds pour l'implorer de la reprendre.

– Pardon, Éric. Je ne suis pas à la hauteur de tes attentes, légitimes. Reviens à la maison, reviens chez nous... Je t'aime, tu sais, je t'aime profondément.

Elle n'avait plus dit « je t'aime » à un homme depuis une éternité, depuis Jean peut-être. Et avant, à Thomas, le premier garçon qui l'avait embrassée sur la bouche à treize ans et demi, elle l'avait dit par réflexe. Là, elle sent sa parole coller à ses sentiments, même si au fond d'elle quelque chose la dérange : elle est partagée entre ce bonheur qui lui tombe dessus si brutalement, si violemment, et la peur qu'Éric l'abandonne, comme il l'a fait ces trois derniers jours. Elle tombe amoureuse, c'est certain.

Éric serre Elsa dans ses bras. Fort. Il l'enrobe, l'étouffe presque. Il prend son visage entre ses mains, plonge son regard dans le sien. Elle se laisse hypnotiser par le turquoise de ses yeux.

Ils marchent tous les deux sur le boulevard. Elsa a l'impression que tout le monde les regarde, que le monde entier les regarde, que les gens autour d'eux envient leur bonheur, que la foule pense en se retournant sur leur passage : « Quel couple magnifique ! », que les enfants pensent : « On aimerait tant avoir un père et une mère comme ça, si bien ensemble. » Il est aussi brun et mat qu'elle est blonde au teint de lait, et ses yeux à lui aussi bleus que les siens sont noirs. Une pluie chaude s'abat sur eux, ils accélèrent le pas, le bitume a cette odeur chaude d'orage, odeur qu'Elsa adore, Éric avoue que lui aussi. Elsa confie que, petite fille, elle collait sa joue contre le bitume brûlant après la pluie d'orage, Éric affirme qu'il faisait de même. Elle n'en revient pas.

– Je ne te crois pas, tu dis ça pour me faire plaisir…

– C'est intime comme souvenir, pourquoi veux-tu que j'invente une chose pareille ?

Alors, dans la cour devant l'atelier d'Elsa, il s'agenouille et colle son visage sur les pavés mouillés.

Elsa est ébahie et joyeuse à la fois. Cet homme est vraiment singulier. Touchée par ce moment de poésie, elle s'allonge sur les pavés. Éric se blottit contre elle, ils sont trempés et rient aux éclats.

– J'ai trouvé ma jumelle. On n'a pas besoin des autres tu sais. Viens, on va s'enfermer chez nous.

Ils se redressent, Éric la soulève comme une petite fille, la couvre de sa chemise en lin, pousse la porte qu'Elsa n'avait même pas fermée. Elle se laisse entièrement porter par le désir de cet homme, mais une question la taraude : « Peut-on rester soi dans le désir d'autrui ? »

– Qu'est-ce qu'il y a ? Pourquoi tu me regardes ainsi ?

– Je pense que j'ai trouvé ma femme.

Il la dépose sur la table de la cuisine, lui fait l'amour vite et fort, prend sa valise et va la ranger dans la chambre à coucher. Elsa va chercher les croissants restés sur le pas de la porte. Elle dévore, toutes ces émotions lui ont ouvert l'appétit. Il n'est même pas 11 heures du matin, mais elle débouche la bouteille de champagne, et rejoint Éric dans sa chambre. Elle le trouve la tête dans les mains. Elle lui tend la bouteille, il refuse de la prendre et regarde Elsa avec une dureté soudaine. Elle se demande ce qui a suscité pareille métamorphose.

– Qu'est-ce qui se passe Éric ?

– C'est Alice…

– Quoi, Alice…

– Elle est à l'hôpital dans un sale état. Elle a fait une TS.

– Une TS ?

– Une tentative de suicide, t'es conne ou quoi, Elsa ? Si tu crois que je vais boire du champagne alors que mon ex a voulu se donner la mort parce que je l'ai quittée, tu te mets le doigt dans l'œil…

Elsa se prend l'insulte en pleine face. Elle tente la douceur pour le consoler, il la repousse.

– Laisse-moi, il faut que j'aille la voir.

– Maintenant ? Mais tu viens juste de m'annoncer que tu vas vivre ici.

– Oui, maintenant !

Il hausse la voix, c'est la première fois qu'il hausse la voix. Elsa sursaute. Il va à nouveau l'abandonner pour Alice, elle est certaine qu'il a passé ses trois derniers jours auprès de son ex. Il ouvre sa valise, en sort un jean et un sweat-shirt, Elsa se fige. Elle reste les bras ballants avec sa bouteille de champagne pendant que lui se change. Sans un regard pour elle, il quitte l'appartement. Ça va vite dans la tête d'Elsa, il va la planter là. Pourquoi lui fait-il ça ? Pourtant, il a laissé sa valise, c'est donc signe qu'il va revenir. Elle s'affale sur son lit, totalement désarçonnée. Cette fois, elle appelle son frère, lui raconte l'enchaînement de la matinée, et explose en sanglots. Son téléphone vibre plusieurs fois pendant la conversation. Elle répond, c'est Éric :

– C'est réglé.

– Quoi ?

– Alice. C'est fini, elle est morte.

– Je suis désolée.

Elsa est choquée par cette annonce brutale, elle aimerait le serrer contre elle, le réconforter, elle pense à cette jeune femme qu'elle ne connaît pas qui a décidé d'en finir avec la vie.

– Je rentre.

Bien que surprise par la froideur d'Éric, elle est, au fond, rassurée. Éric est tout à elle, ou plutôt elle est tout à Éric. Elle se dit qu'elle est horrible, totalement immorale de penser ça.

Ils passent la soirée dans un silence pesant. Craignant sa réaction, Elsa n'ose pas entamer le dialogue. Elle prépare un plat de pâtes, applique à la lettre la recette de son frère, mais ses spaghettis aux légumes n'ont pas un goût de fête. Éric mange avec peu d'appétit. Il quitte la table, se dirige vers la chambre, se retourne vers elle, lui fait un signe de la main.

– Viens, ma magnifique, j'ai besoin de toi.

Elsa fait chauffer le café. Son corps est engourdi, son cœur un peu en vrac. Depuis deux jours, elle traverse une zone de turbulences, naviguant entre les effusions de tendresse d'Éric et ses sautes d'humeur, qu'elle met sur le dos de la mort d'Alice. Elle sent ses mains sur ses hanches, il se colle à elle, l'embrasse dans le cou. Elle se défait de son étreinte.

– Pardon, Elsa, je n'ai pas été facile, ces derniers jours. Je comprends si tu m'en veux, tout va bientôt rentrer dans l'ordre, je te le promets… Je suis perturbé, mais ta présence me réconforte. On est si bien tous les deux, n'est-ce pas ?

Elle baisse les yeux.

– Elsa, regarde-moi, dix jours que tu es dans ma vie, et c'est un vrai bouleversement, est-ce que tu m'aimes ?

– Oui.

– Dis-le-moi, Elsa, dis-le-moi, j'ai besoin de l'entendre.

– Je t'aime.

– Je dois retourner à l'agence aujourd'hui, j'ai un nouveau joueur à rencontrer. Je vais penser à toi toute la journée, tu me donnes de la force, tu sais.

Après le départ d'Éric, Elsa s'enferme dans son atelier. Elle se met à dessiner, esquisse des mains, des mains d'homme, les mains d'Éric. Les heures tournent, elle n'arrive pas à dessiner autre chose. À 17 heures, elle reçoit un SMS de Cynthia.

Urgence. RDV au Cyrano dans une heure.

Les terrasses de la rue Biot sont déjà remplies. Chaque semaine, à partir du mercredi, c'est ainsi. Les étudiants de l'École supérieure des arts et techniques se mêlent aux clients de la Librairie de Paris et aux spectateurs de la salle de spectacle. Cynthia s'est installée à l'intérieur du café, au fond, sous la mosaïque représentant des scènes de la pièce d'Edmond Rostand. Elle a teint ses cheveux en rose – elle fait encore des expérimentations capillaires dignes d'une adolescente qui se cherche. Ça fait sourire Elsa. Le rose ne lui va pas si mal, mieux en tout cas que l'option dreadlocks vertes de l'année dernière. Cynthia enseigne à l'école Hourdé dans les locaux du théâtre L'Européen. Elle peint des décors de cinéma. Elle adopte à s'y méprendre le look de ses élèves.

– Alors, tu vis une lune de miel et t'oublies ta meilleure pote. François m'a tout raconté. Je ne le sens pas ton prince charmant. Y a un truc qui cloche, alors j'ai un peu fouillé sur les réseaux…

– Ah non, t'as pas fait ça ! Tu peux pas t'empêcher de *stalker* les mecs ?

– Je sais, ça fait meuf malsaine, mais parfois ça peut être utile. Souviens-toi, Julien, mon mec d'il y a deux ans…

– Pitié, épargne-moi le énième récit de cette histoire.

– Bon, je me suis un peu renseignée sur ton Éric, et franchement c'est pas joli. Le mec a changé plusieurs fois de profil Facebook, chaque meuf un profil, c'est un bourreau des cœurs si j'en crois le nombre de meufs qui ont défilé sur ses pages. Regarde.

Elsa découvre en effet des photos d'Éric au bras de femmes aussi jeunes et jolies les unes que les autres. Elsa ne veut pas voir l'évidence.

– Ce ne sont pas ses meufs, à part elle, Alice, sa dernière compagne, ce sont des joueuses de tennis. Il est agent sportif.

– Sauf qu'il ne représente que des sportives… Et il a l'air hyper proche de ses pouliches quand même.

– Il s'investit beaucoup humainement, mais il n'a jamais eu de relations avec ses clientes. Et puis même, c'est son passé, tu ne le connais pas, Cynthia, il est très sensible.

– Moi, j'y crois pas à cette histoire d'agent sportif… Tu veux que je te dise mon sentiment ?

– Non, mais tu vas pas te gêner pour ça…

– Ton mec est un imposteur. Il t'assure qu'il a fait carrière, mais curieusement je n'ai trouvé aucune trace de ses exploits sportifs.

– Il n'a jamais dit qu'il avait fait une grande carrière… et puis qu'importe…

– OK, ma grande. Alors, écoute-moi, le mec débarque dans ta vie, il prétend être un agent de sportifs, il se pointe à ton vernissage en connaissant tout de toi, il te retourne l'esprit en une nuit, s'installe chez toi au bout de deux semaines à peine, veut changer ton quotidien, non mais le mec a un melon de dingue, tu crois pas ? Et puis, il arrive pile au moment où ta carrière décolle, où tu te fais de la thune. Moi, je te dis, ce mec-là veut juste pomper ton fric, c'est un gros manipulateur. Regarde son Alice, j'ai vu son profil aussi, mannequin, canon, des photos dans les plus grands magazines ; et celle-là, Émilie, comédienne d'une série télé à grand succès… Le mec sait flairer les bonnes poires, il est juste en train de se dire qu'avec toi il a gagné au loto. Et toi, comme t'es trop bonne, trop conne, tu vas tout payer.

Elsa n'en peut plus d'entendre Cynthia dérouler son scénario catastrophe. Oubliés le comportement versatile d'Éric, ses propos parfois cassants, elle veut mettre un terme à cette torture.

– Ça suffit, Cynthia, arrête de déverser ton venin, t'es jalouse, c'est tout, au lieu d'être ravie de mon bonheur. Tu fais que dénigrer. Tu mens, tu dis n'importe quoi. Tu ne sais rien d'Éric, de ce qui se passe entre nous. C'est très fort, mais ça, toi tu ne le vivras jamais, parce que t'es une ado attardée !

Elle plante là Cynthia, traverse à vive allure la place de Clichy, longe le collège Jules Ferry, bouscule des lycéens, et s'arrête au Vintimille pour boire un Coca. Enfin, reprenant ses esprits, elle regarde son téléphone, Éric lui a écrit plein de mots d'amour. Elle sourit. Demain, elle lui fera un double de ses clés. Éric est désormais chez lui, elle lui ouvre la porte de son appartement, et celle de son cœur.

*

* *

Cynthia a été la première à démasquer la fausseté du personnage qui faisait irruption dans ma vie. J'ai d'abord cru à de la jalousie, à une mauvaise analyse de sa part. Elle était dans une mauvaise passe, enchaînant les échecs amoureux, alors j'ai pensé qu'elle ne pouvait pas accueillir mon bonheur dans son quotidien, qu'elle n'aimait être mon amie que dans le malheur, que ça la rassurait de nous voir toutes les deux dans la même galère. Ce jour-là, j'ai pensé que son amitié était toxique. J'ai pensé qu'en fait nous n'étions pas de vraies amies. J'ai pensé qu'elle me détestait : je venais de cartonner à ma dernière exposition, je rencontrais enfin l'amour, et elle, elle me crachait à la gueule. Des mois plus tard, lorsque je m'enfonçais un peu plus dans les méandres de l'avilissement, j'ai repensé à cette altercation, regretté mes paroles maladroites et odieuses, regretté de l'avoir blessée alors qu'elle cherchait justement à me protéger. Elle était mon amie, et je l'ai perdue car je m'entêtais, j'étais obnubilée par ma relation. Aujourd'hui, j'espère qu'elle m'a pardonné, je comprends qu'il lui faille du temps pour revenir en confiance.

C'était une femme échaudée par les relations amoureuses, et elle ne donnait plus que peu de crédit aux hommes. Elle avait beau me mettre devant les faits, elle avait beau argumenter, je ne voulais rien entendre. Je m'accrochais à cette nouvelle histoire qui me promettait des lendemains lumineux malgré les taches d'ombre qui l'avaient obscurcie dès ses premiers instants.

Je n'écoutais personne. Deux jours plus tard, ma mère s'est étonnée de la vitesse à laquelle j'accueillais cet homme dans ma vie, sans aucune précaution ni retenue. Moi, je voulais rattraper le temps perdu. Maman n'était pas rassurée, elle disait que Cynthia n'avait peut-être pas tort, qu'elle forçait sans doute un peu le trait mais qu'il y avait certainement une part de vrai dans ce qu'elle avançait. J'ai envoyé bouler maman, lui ai raccroché au nez, alors qu'elle aussi avait raison, mais là encore je mettais ça sur le compte de sa détestation des hommes : elle venait de se séparer de son dernier compagnon, un infidèle.

Personne ne pouvait me comprendre, ils voulaient tous mon mal, tous sauf Lui. Lui seul m'écoutait vraiment, lui seul pouvait appréhender ce que je ressentais. Nous étions en accord total. Du moins, je le croyais. Ce soir-là, il m'attendait devant chez moi. Je lui ai confié que Cynthia m'avait blessée. Il m'a répondu que ce n'était pas une bonne personne, qu'elle me tirait vers le bas, que j'avais bien fait de lui parler comme ça, que finalement cette engueulade était un mal pour un bien. Je n'avais pas besoin de Cynthia, disait-il, je devais me méfier de mes proches, ils gravitaient autour de moi pour profiter de ma notoriété, mais c'étaient des médiocres, et Cynthia était la pire de tous, une pauvre fille jalouse et aigrie, une artiste ratée qui enviait ma réussite, ma beauté, mon charisme. Elle n'était rien, répétait-il. De même, selon lui, je devais me méfier de mon propre frère, François, il était trop dépendant de moi, il vivait accroché à mes basques. Je devais couper le cordon avec lui, je n'étais pas sa mère. Pour lui, ma famille n'était pas à la hauteur, il fallait que je prenne mes distances, que j'apprenne à ne m'occuper que de moi. J'avais été si souvent là pour eux, à leur écoute, qu'ils passaient leur temps à se plaindre, autocentrés. Je ne faisais que leur donner et eux ne m'apportaient pas grand-chose en retour. On ne choisit pas sa famille, mais on peut faire le choix de s'en émanciper, insistait-il.

Il se permettait de juger ma famille, le peu de proches que j'avais, et lui ne me confiait rien sur la sienne. Je n'osais pas lui poser de questions à ce propos, je n'osais pas lui poser de questions à propos de sa copine d'avant, de peur de découvrir la vérité, je crois. J'étais amoureuse, mais il me terrorisait déjà. J'étais amoureuse mais l'aimais déjà dans la peur. J'avais peur de le heurter, peur qu'il me balance une de ses phrases méprisantes, peur qu'il hausse le ton. Je voulais juste vivre cet amour et mettais un point d'honneur à réussir cette relation. Un homme s'installait chez moi, ça voulait dire que j'étais enfin en couple. Je n'aspirais désormais qu'à ça : être deux. Avant, je me mentais, je me vautrais dans le travail, me leurrais en me persuadant que mon art suffisait à me rendre heureuse. Je voulais faire couple, et cet homme a entendu mes aspirations les plus profondes et répondu aux attentes que jusque-là je n'osais pas m'avouer.

Je lui ai offert le double de mes clés pour me rassurer, pour qu'il me soit fidèle, qu'il se sente chez lui, pour qu'il s'installe, prenne ses marques. Je ne voulais plus être séparée de lui, je voulais tout partager avec lui, quitte à me couper du reste du monde. À ce moment-là, ça m'allait très bien, je ne voulais pas voir le danger de cette situation.

La surprise

Je lui ai offert le double de mes clés pour vivre un grand bonheur et le meilleur, mais j'invitais chez moi le pire et le malheur.

4

La vie à deux

Elle peint difficilement. Depuis plusieurs jours, elle n'est pas satisfaite de son travail. Elle a abandonné sa série sur les mains masculines, pour débuter autre chose, de plus abstrait, des formes rectangulaires, censées représenter des intérieurs d'appartements et de maisons, des tables, des cadres, du linge qui pend. Côté couleur, seuls le gris et le noir lui conviennent. Elle a coupé son téléphone pour ne pas être dérangée, elle a répondu seulement une fois, à Lapoutre qui l'a informée que le couple de collectionneurs bourguignons lui commandait une série d'œuvres, la laissant libre de ses sujets, à condition que le style soit abstrait. Éric est content pour elle, il lui a assuré qu'il ne la dérangerait pas, qu'il n'empiéterait pas sur sa sphère de création, lui-même a pas mal de choses à régler à l'agence, des contrats à établir et une joueuse à accompagner à un tournoi à Bordeaux.

Durant son absence, il l'a bombardée de SMS, tous aussi amoureux les uns que les autres, ça lui faisait chaud au cœur, mais si elle ne répondait pas dans la minute, il s'inquiétait.

Elsa, tout va bien ?

Elsa, tu me fais la tête ?

Elsa, tu m'aimes ?

La dernière question appelait une réponse immédiate. Elsa se demande pourquoi il a autant besoin qu'elle lui écrive son amour. Il exige aussi qu'elle lui envoie des photos des toiles sur lesquelles elle travaille, alors que lui ne partage que peu d'éléments de son voyage. Un cours de tennis vide, les quais de la Garonne, et le plafond de sa chambre d'hôtel. Quand elle lui demande pourquoi il n'envoie pas plus de photos, il rétorque qu'elle a un quotidien bien plus riche et intéressant que le sien.

Il est rentré depuis deux jours, et elle n'arrive pas à se concentrer. Il rôde dans l'appartement, entre dans l'atelier sans frapper, s'installe sur le vieux canapé où elle fait sa sieste quand peindre l'a épuisée. Elle engage son corps tout entier quand elle peint, elle y met tout son être. Parfois, elle s'écroule comme une masse dans des sommeils brefs mais réparateurs. Le sentir derrière son dos la bloque, elle entend ses soupirs, perçoit son exaspération devant la pauvreté de sa production. Parfois, il sort de son silence pour la soutenir, pour lui déposer un baiser dans le cou, mais souvent il demeure silencieux, c'est son mutisme glacé qui la dérange le plus. Elle se sent observée, elle a l'impression qu'il la juge. Il fait chaud, elle transpire, ses mains sont moites et tremblent sur le pinceau. La touffeur de cette fin de journée l'écrase, elle sort dans la cour. Il la suit.

– Qu'est-ce que tu fais ?

– Je respire, je prends l'air, j'arrive à rien aujourd'hui.

– En effet, tu ne fais que brasser de l'air.

– Quoi ?

– C'est vrai, on ne peut pas dire que ton travail soit éreintant, si on peut appeler ça un travail…

Ça recommence. Le ton méprisant, la voix cassante, le regard dur. Ça recommence.

L'incompréhension, le doute, l'inquiétude. Ça recommence.

Elsa ne sait pas quoi répondre, à quoi bon répondre quoi que ce soit, elle baisse la tête et attend que ça passe.

– Ben tu dis rien en plus, t'essaies même pas d'argumenter…

– Je suis fatiguée Éric, c'est tout ce que je peux te dire, fatiguée.

– Fatiguée à ne rien faire.

– Laisse-moi, s'il te plaît…

– Tu te vexes, je suis désolé que tu le prennes comme ça… Si je te secoue un peu c'est pour te motiver, c'est uniquement pour ton bien.

Il s'approche d'elle, l'oblige à se coller contre sa poitrine et murmure à son oreille :

– Je ne veux que ton bien, tu sais.

Elsa cache son visage dans le torse d'Éric, réprimant un sanglot. Elle va s'enfermer dans la chambre, se laisse gagner par le sommeil. Elle dort peu de temps mais profondément, se réveille en sursaut, craignant qu'Éric ne soit parti. Il est là, assis sur le bord du lit. Il l'a regardée dormir. Il est temps qu'elle se fasse belle, il l'emmène dîner ce soir. Une surprise. Elle n'a pas vraiment envie de sortir, mais elle n'ose rien dire, après tout, depuis leur rencontre, ils ne sont pas sortis dîner, ça leur fera du bien. Elle va prendre une douche. L'eau efface les paroles blessantes, elle va se faire belle, pour lui, pour elle, pour eux.

Elle a enfilé une robe longue à dos nu, déposé sur ses paupières un léger voile de fard et souligné ses yeux d'un trait de khôl. Elle se tapote les joues pour leur redonner des couleurs.

Éric l'attend dans la chambre, il est vêtu d'un jean et d'une chemise bleue aussi turquoise que ses yeux. Il lui tend son téléphone.

– Une certaine Émilie cherche à te joindre. J'espère que ça peut attendre, j'ai réservé pour 20 heures.

– Je la prends, ça fait un bail que je ne lui ai pas parlé. Laisse-moi finir de me préparer pendant ce temps. Émilie, comment ça va ?

Éric ne sort pas de la pièce, bien décidé à écouter la conversation.

– Elsa… Je ne t'appelle pas pour parler de moi, mais de toi, ta mère s'inquiète, elle veut savoir ce qui se passe, tu ne lui réponds même plus au téléphone. Viens à Châteauroux le week-end prochain, on boira du vin, on ira voir les potes, on se fera un karaoké, et on déjeunera le dimanche chez ta mère. En plus, il y a un salon du livre au couvent des Cordeliers. Tu sais que tes premières toiles y sont toujours exposées ? Et puis Jean sera là…

Jean. Elsa a très envie de le revoir. Son petit ami d'adolescence, lui aussi revient peu à Châteauroux. Il a publié trois romans, et le dernier a rencontré un joli succès en librairie, suffisamment pour qu'il soit invité à une émission littéraire télévisée très regardée. Quand elle l'y avait vu, elle avait senti un petit pincement au cœur ; Jean était le garçon le plus délicieux avec lequel elle avait eu une relation. Elle ne sait même plus pourquoi ils se sont séparés. Ils étaient trop jeunes, trop sérieux, ils n'avaient pas assez vécu pour s'enfermer, pour s'engager, à dix-sept ans. Éric devine son trouble, il s'assombrit.

– Hum… je ne sais pas… Je vais voir… Il faut que je demande…

Non ! Elle ne va tout de même pas demander la permission à Éric d'aller dans sa famille.

Éric ne la lâche pas des yeux, il tape du pied pour montrer son impatience.

– Émilie, je peux te rappeler demain ?

– Promis ?

– Oui. À plus tard, ma jolie.

Elsa prend son sac, Éric s'approche, pose sa main sur sa nuque, elle frissonne, de plaisir ou de peur, elle l'ignore. Elle ne comprend pas pourquoi Éric l'effraie.

– Allez, ma douce, on y va. On va passer une belle soirée, toi et moi. Tous les deux.

Il l'embrasse sur la bouche. Un baiser intense, long et profond, s'immisçant entièrement dans son être. Elle sent comme une décharge électrique. À cet instant, tout son corps n'aspire qu'à être avec cet homme. Elle oublie Châteauroux, Émilie, sa mère, Jean. Éric a ce pouvoir incroyable sur elle. Elsa est subjuguée au sens littéral du terme. Il lui a jeté un sort. Éric est un peu sorcier.

Elle grimpe derrière lui sur la moto, comme lors de leur première soirée, la magie opère instantanément. Cette fois, Éric monte vers le Père-Lachaise, s'arrête devant la plaque de la rue Désirée.

– Désirée, comme toi, tu es tellement désirée… Je te désire tellement, et tu me désires tellement. Je suis à l'intérieur de toi, et tu es à l'intérieur de moi, c'est unique ce que l'on vit, beau et unique.

– Tu es unique en ton genre, c'est vrai Éric.

Il redémarre la moto, s'engage avenue Gambetta. Elle pense qu'elle ne vient jamais dans ce quartier. C'est très vivant, avec plein de petits restaurants et de cafés branchés. Éric a réservé une table chez Chantefable, une brasserie à la décoration 1900 comme Elsa les adore, où l'on peut manger aussi bien une andouillette qu'un plateau de fruits de mer. Le serveur les installe dans la salle du fond, sous les dorures. Éric ne laisse pas Elsa prendre la carte, d'autorité il commande une douzaine d'huîtres et un filet de bar, le tout arrosé d'une bouteille de champagne. Le dîner est agréable, leurs échanges fluides et ponctués d'éclats de rire.

– Tu es heureuse de vivre avec moi ?

– Oui, évidemment.

– Tu es sûre ?

– Mais oui, Éric, pourquoi tu insistes ?

– Parce que parfois j'ai l'impression que je te gêne.

– Non, mais quand je peins, j'ai besoin d'être seule pour trouver l'inspiration.

– Ah bon ? Mais je ne suis pas ta source d'inspiration…

– Arrête de plaisanter avec ça, j'ai vraiment besoin d'être seule pour créer, c'est tout. Je te montrerai si tu veux, j'ai dessiné tes mains. Toute une série sur tes mains, tu vois, tu m'inspires.

– Je suis ton homme muse alors ?

– Oui, on peut dire ça. Mais si tu veux que tout soit super entre nous, évite de m'envoyer tout le temps des messages, je ne peux pas toujours y répondre, tu sais…

– Oui, mais moi, je ne peux pas m'en empêcher, si tu ne me réponds pas, je panique, j'ai peur que tu m'abandonnes, que quelque chose te soit arrivé. J'ai peur que tu ne m'aimes pas assez fort. Moi, je pourrais mourir pour toi, tu sais… Je crois en la fusion en amour, si les êtres ne fusionnent pas, ce n'est pas vraiment l'amour.

– Mais on ne peut pas être tout le temps ensemble, c'est étouffant, pour toi comme pour moi. On a besoin d'air dans un couple, pour mieux se retrouver, pour encore mieux s'aimer.

Éric enfouit sa tête dans ses mains. Elsa craint une remarque désobligeante, ou une colère froide. Il se redresse, les yeux pleins de larmes. Il prend les mains d'Elsa.

– Tu as raison, on étouffe à Paris, on a besoin d'air. Et si tu m'accompagnais la semaine prochaine à Dinard, je dois rencontrer un joueur. Là-bas, nous pourrons respirer.

Elsa évite de lui parler d'Émilie, de Châteauroux, elle pourra faire les deux, Dinard dans la semaine et dans sa famille le week-end. C'est compatible. Elle préfère taire Châteauroux pour le moment, surtout ne pas gâcher ce moment, Éric a de nouveau le sourire, il semble si heureux. Elle veut rendre cet homme heureux, elle veut que le miracle de leur rencontre perdure, elle veut que son couple fonctionne. Surtout ne pas faire de vagues, surtout ne pas provoquer sa mauvaise humeur. Tenir les craintes et les angoisses à distance. Rester de ce côté du songe, ne pas basculer dans le cauchemar.

Cette nuit, ils font beaucoup l'amour, presque sans pause. Elsa, épuisée, se laisse posséder par son amant vorace. Dans le sexe, il ne lui laisse aucun répit, comme dans le quotidien il l'étouffe, il est omniprésent. Quand il s'arrête, c'est pour lui asséner des phrases puissantes, sur l'absolu en amour, la gémellité d'âme et de corps. Il dit que, pour elle, il est prêt à renoncer à la moitié de l'humanité, pour elle il est prêt à renoncer à toutes les autres femmes. Il faut qu'il la sente capable du même sacrifice. Pendant l'amour, il pose ses mains sur sa gorge, elle n'aime pas ça, mais n'arrive pas à le lui dire. Il souffle : « Tu aimes tout ce que je te fais, hein… » Même si cela ressemble à une affirmation, il attend d'elle une réponse. Rien ne sort. Elle est comme aphone, aucun son ne s'échappe de sa gorge nouée, elle essaie pourtant, seuls des mots silencieux sortent, des mots muets, elle tente un cri, c'est un cri vide, à l'image de son impuissance à se faire entendre de lui. Ils font l'amour, dans un mélange de plaisir et de stupéfaction. Enfin, il se calme, il dit qu'il a sommeil, se colle à elle, en cuillère, et passe son bras autour de son ventre. Elle attend qu'il s'endorme pour se dégager de son étreinte, elle a du mal à dormir, il se réveille et l'attire contre lui. Elle abdique. Elle sait qu'il ne la lâchera pas, il parvient toujours à obtenir ce qu'il veut d'elle. Et puis, finalement, elle trouve mignon son besoin d'être au contact de sa peau.

Les stores sont ouverts, le soleil aveuglant. Éric est déjà lavé et habillé.

– Debout, ma jolie flemmarde… J'ai vu ton travail sur les mains ce matin. Pas le temps de paresser, faut t'y remettre, c'est vraiment très bon !

Elsa a la bouche pâteuse, les membres ankylosés, elle n'avait pas prévu de travailler ce matin, mais d'aller nager seule, pour se reconnecter un peu. Éric lui apporte son café, il semble excité, une vraie pile électrique. Le matin, elle a du mal à le suivre, surtout après une sortie et une nuit d'amour. Elle ne sait pas comment il fait, d'où il tient cette énergie. Éric affirme qu'enfant il était hyperactif, il ne tenait pas en place à l'école, c'est pourquoi il s'épanouissait dans le sport. Il dit qu'aujourd'hui ça va mieux, mais qu'il a besoin d'être toujours en mouvement. Elsa, elle, est une contemplative, elle aime prendre son temps, regarder la lumière pénétrer dans son atelier, sans rien dessiner, marcher dans Paris, sans but, se laisser gagner peu à peu par la fureur de la ville ; en revanche quand l'inspiration est là, elle peut demeurer des heures enfermée à faire, défaire, refaire.

Éric la tire du lit.

– Pas de Dinard si tu ne finis pas cette série ce week-end.

– On dirait que tu parles à une petite fille, j'ai pas besoin de carotte pour me mettre au travail. Et puis, *Les Mains,* je ne pensais pas m'y remettre, j'avais mis le projet de côté, l'urgence, c'est la commande des Bourguignons.

– Elsa, c'est de l'alimentaire, ça, tu le sais très bien. *Les Mains,* c'est personnel, c'est vraiment de l'art, et puis pour mon anniversaire à l'automne, moi, ça me ferait plaisir comme cadeau.

– Tout à l'heure, j'étais la petite fille, maintenant, c'est toi le petit garçon. Bon, OK, je vais céder à ton caprice.

– On n'est pas des enfants, Elsa, on ne joue pas, on s'aime, on vit, on fait des choses pour faire plaisir à l'autre. Tu ne veux pas me faire plaisir ?

– Évidemment, Éric, que je veux te faire plaisir, n'en doute pas, mais peut-être que pour ton anniversaire, j'avais pensé à autre chose, et puis, tu sais, je ne peux pas créer sur commande…

– Peindre des merdes pour un couple de riches, ça, tu peux faire, mais consacrer une journée à peindre quelque chose pour moi, c'est pas possible ?

Éric claque la porte, déjà Elsa entend le moteur de la moto qui s'éloigne. Elle est soulagée d'avoir quelques heures pour elle. Elle sait que la colère d'Éric sera brève, il est vexé, c'est tout. Elle prépare son sac de piscine mais, prise d'inquiétude et de remords, elle ne peut s'empêcher de surveiller l'écran de son portable. Elle s'étonne de l'absence de messages d'Éric. Elle doit s'avouer qu'il la tient par l'alternance des moments d'une intensité rare et de ses colères et absences. Elle finit par lui écrire : « *Pardon, mon amour.* »

Il ne répond pas. Il doit faire le tour de Paris à moto. Il fait ça pour calmer son humeur. Il roule. Elle repose son sac de piscine, renonce à aller nager. Il a raison, elle va se remettre à la série sur les mains, elle reprendra la commande sur les formes géométriques après Dinard, rien ne presse. Elle entre dans l'atelier, sort les toiles de la série, et se laisse gagner par l'inspiration. Elle ose même des dessins audacieux, des mains d'homme sur des hanches féminines, des mains sur un ventre nu, des mains sur une chevelure, et même des mains enserrant un cou de femme.

Cette image lui procure une sensation de malaise, une boule d'angoisse se niche dans sa gorge. Tenace. Cette boule qui désormais fera partie de sa vie.

Éric rentre tard, Elsa n'a pas pu dîner sans lui. Elle n'a pas quitté son atelier. Il inspecte les esquisses de mains, savourant sa victoire. Elle somnole sur le canapé, il lui caresse le front, susurre :

– Merci, c'est magnifique.

*

* *

J'étais piégée. Je faisais tout pour le rassurer, tout pour lui faire plaisir. J'avais même renoncé à voir mes proches. En même pas un mois j'avais vrillé, j'étais sous sa coupe, entièrement dépendante. Il avait fait le vide autour de moi. Il remplissait mon espace, me répétant qu'il n'avait besoin que de moi pour être heureux, et que la réciproque était également vraie. Je ne suis pas retournée à Châteauroux, je n'ai pas revu Émilie, pas revu Jean. Lui affirmait qu'il n'avait pas d'amis, que les amis, ça n'existe pas, qu'il ne faisait confiance à personne, il disait qu'il avait plein de gens autour de lui, mais de vrais amis, aucun. Il n'avait pas besoin de hausser le ton, sa voix était suffisamment froide dans ses reproches, ses assez regards glaçants, parfois il claquait la porte. Lorsqu'il cherchait à m'amener à couper les ponts avec quelqu'un ou à me persuader de faire quelque chose que je ne voulais pas, c'était toujours de manière habile. Je finissais par penser qu'il avait raison. Il avait toujours raison. Il lisait en moi, il me transperçait. Il m'éreintait par son désir, par ses élans d'amour débordant, je doutais par moments de sa sincérité, s'accrochait-il à moi, à cet amour qu'il qualifiait d'immense ou seulement à l'idée de l'amour ? Aujourd'hui, je sais que d'amour il était incapable, que tout ça n'était que mensonge et manipulation. Il était double, il était duel. Je l'aimais autant que je le détestais. Maintenant, je n'ai plus de désir pour lui, plus d'amour pour lui, plus aucun respect pour lui. Il m'a écœurée. À un moment, je ne pouvais même plus rester dans la même pièce que lui. Son odeur m'insupportait, sa voix m'accablait, il me donnait le vertige. Il exigeait de moi d'aller encore plus haut, et c'est plus bas que terre que j'ai échoué. Comment peut-on s'enfoncer à ce point par amour ? Comment peut-on être autant dans l'aliénation ? Je me suis totalement oubliée à ses côtés, et cette opération d'annihilation de mon être a commencé dès les prémices de notre relation. J'avais pourtant tout en main pour voir que quelque chose dysfonctionnait dans cette histoire, que son comportement n'était pas normal, sa jalousie excessive, ses sautes d'humeur violentes, ses petites phrases humiliantes. J'ai accepté ça dès le début et tu ce que je vivais, n'ayant pas le cran d'en parler, tellement j'en avais honte. Je ne savais rien à l'époque sur les pervers narcissiques, c'était pour moi un vague concept. Ensuite, je me suis documentée, et j'ai trouvé chez le psychanalyste Paul-Claude Racamier la définition de la perversion narcissique : « Façon organisée de se défendre de toutes douleur et contradiction internes et de les expulser pour les faire couver ailleurs, tout en se survalorisant, tout cela aux dépens d'autrui et non seulement sans peine mais avec jouissance. » Expulser en l'autre son propre chaos mental, psychose ou dépression rentrées : cette acrobatie psychiatrique est la raison d'être de la perversion narcissique. Je me décharge sur toi, je suis incapable d'empathie envers toi. Tu n'existes pas.

Comme un vampire, il suçait toute mon énergie, ma capacité d'écoute et de bienveillance. Je me suis souvent demandé si j'étais trop sensible, trop faible, pas assez intelligente pour faire face. Souvent, j'ai pensé que c'était lui qui avait raison lorsqu'il disait que j'étais paresseuse, que je n'étais pas une bonne artiste. Plus tard, il a commencé à faire des réflexions sur mon physique, me reprochant de ne pas prendre assez soin de moi, de ne pas m'apprêter assez. Le plus dangereux étant sa capacité à être délicieux, ce genre d'hommes ne sont pas mauvais à cent pour cent. Il y a donc des phases où on les admire. Moi, je le trouvais tellement moteur et ambitieux. Aussi, pendant ces phases-là, je pensais que le dysfonctionnement venait de moi, pas de lui. Comme, en général, ma grande sensibilité m'empêche de concevoir la malveillance, il m'était difficile d'attribuer les traitements que je subissais à de la méchanceté, ainsi j'ai mis longtemps avant de comprendre de quoi il retournait. Ce qui ne m'empêchait pas de sentir, de façon confuse, que quelque chose buggait dans la structure de l'autre. Mais il fallait avant tout que je me réhabilite, pour pouvoir me défendre et sortir de cette emprise. À ce stade de notre histoire, l'affolement des débuts, j'étais loin d'imaginer dans quoi je mettais les pieds. Rien ne pouvait m'arrêter, je voulais le suivre, même si je vivais déjà avec cette satanée boule d'angoisse, tenace et handicapante. J'étais à la fois sourde et aveugle au drame dans lequel j'étais projetée. Je passais à côté de l'essentiel en amour, le respect de l'autre, mais je n'arrivais pas à l'admettre. C'était quelque part reconnaître que j'avais perdu. Et ça, je n'y étais pas prête. J'ai donc choisi l'entêtement.

5

Le week-end en amoureux

La mer est très basse, ce sont les plus grandes marées de l'année. Éric a tenu à aller voir le Mont-Saint-Michel totalement encerclé par l'eau, le monument se mue en une vraie île, c'est désormais rare de pouvoir l'admirer ainsi. Elsa s'émerveille de la magie du spectacle. Cette halte avant leur destination finale valait la peine. Elle est secouée par une émotion forte, elle pourrait se poser des heures sur ce rocher couvert de mousse et d'oyats pour peindre le paysage, en guettant les changements de lumière sur l'ange Saint-Michel. Ou simplement rester là dans la contemplation, contempler étant pour elle une saine activité. Éric serre sa main de plus en plus fort, il dit vouloir sentir son trouble dans sa chair.

Ils demeurent de longues minutes assis face à la mer. Ce début septembre est encore chaud, seule une légère brise chahute les longs cheveux d'Elsa. Ils s'allongent à même le sol sablonneux, jouent à deviner des formes dans le ciel tacheté de petits nuages blancs. Ils rient comme des enfants, Elsa est entièrement séduite par leur connivence. Elle se dit que les ombres au tableau de leur relation se sont estompées. Elle se sent bien avec Éric.

– On y va, Elsa ? On a encore une petite heure de route, j'aimerais arriver avant la nuit.

– Mais on pourrait voir le coucher de soleil ici, rien ne presse…

– Tu pourras le voir depuis le balcon de notre chambre d'hôtel, je te promets que tu ne seras pas déçue.

Éric aide Elsa à se relever. Ils retournent à la voiture, et durant le reste du trajet elle garde les yeux fermés, avec imprimé sur la rétine le souvenir de ce moment poétique partagé avec l'homme qu'elle aime. Elle se dit que rien ne pourra perturber ce bonheur. Un bonheur presque parfait. La fin du voyage jusqu'à Dinard se déroule dans le silence. L'hôtel au charme suranné surplombe la délicieuse promenade du Clair de Lune. Elsa ouvre les volets de la chambre turquoise, du même turquoise que les yeux d'Éric et découvre la vue sur les remparts de Saint-Malo juste en face. L'émotion n'en finit plus de l'emplir. Le soleil feu colore le ciel d'un rouge presque framboise, la mer a des reflets violets. Le vent s'est levé, les mâts des voiliers qui mouillent dans le petit port s'accordent dans un tintement métallique fort agréable. Éric enlace Elsa.

– Alors, ça te plaît ?

– J'adore !

Ils passent cette première soirée sur le petit balcon à déguster des soles meunières et des frites, arrosées de vin blanc. Ils font l'amour tendrement, pas de main sur son cou, cette fois, pas de folies jusqu'à pas d'heure. Elsa dort profondément, d'un sommeil réparateur, que rien ne vient perturber, elle a l'impression de ne pas avoir dormi comme ça depuis des semaines. L'air de la mer lui convient, et elle s'abandonne dans les bras de son amoureux.

La salle du petit déjeuner rivalise de charme avec le petit salon anglais et ses meubles en bois, ses armoires normandes imposantes, ses vieux cadres, son piano et ses fauteuils crapauds, Elsa et Éric prennent place sous la verrière, les tables et les chaises sont en rotin, d'aucuns pourraient trouver la décoration chargée, mais Elsa adore cette patine du temps, le couple de petits vieux qui s'installe à la table voisine, la lumière déjà vive en ce milieu de matinée. Elle a l'impression d'évoluer dans un roman d'Agatha Christie, sauf qu'elle espère qu'il n'y aura pas de meurtre à résoudre.

– Tu me fais rire, Elsa… On dirait une petite fille qui vit un rêve éveillé.

– Oui, je me sens bien, vraiment, c'est comme si j'avais toujours vécu ici.

– Et encore, on n'a rien visité, ce matin on va se promener de l'autre côté du pont, sur la grande plage, celle de l'Écluse avec le casino, le musée et la piscine. Tu sais, j'ai appris à nager sur cette plage, j'allais au club Mickey ici.

– Mais tu ne viens pas de Genève ?

– Si, mais ma tante louait toujours un appartement à Dinard, un tout petit studio où l'on s'entassait avec les cousins et qu'on laissait plein de sable à la fin du séjour. Moi, je rêvais devant les demeures cossues sur la falaise, ou juste au-dessus du bassin ici, où j'ai appris à faire de la planche à voile plus tard. Je rêvais d'avoir une maison avec un jardin et un escalier qui mène directement à la mer.

– C'est la plage avec les cabines ? Celle que l'on voit dans le film *Conte d'été* de Rohmer ?

– Oui, exactement. Et d'autres films encore.

Elsa se brûle la langue avec son thé.

– Fais-moi goûter, Elsa…

– Quoi ?

– Fais-moi goûter ta langue brûlée.

Elsa trouve cette phrase tellement poétique.

Elle vit la promenade dans un sentiment de plénitude, la plage est presque déserte en cette fin de saison. Ils remontent vers le centre-ville, les commerces sont ravissants, il y a aussi beaucoup de galeries de peinture, pas toujours du meilleur goût. Ils entrent dans l'une d'elle face à la mer, tout près du casino.

– Tu penses à ce que je pense ?

– Oui…

– Tes peintures auraient tout à fait leur place ici, la série *Mains* surtout…

Éric interpelle déjà le galeriste un peu bourru, parle du travail d'Elsa. Le galeriste répond qu'il connaît ses toiles mais les trouve trop « parisiennes ».

– Tu entends ça, Elsa, tu es trop parisienne…

C'est un comble ça, non ? Toi, qui es si attachée à Châteauroux ?...

Le galeriste, gêné, bredouille, rouge de honte : « Oh, pardon, je ne savais pas que c'était vous ! »

Elle lui serre la main.

– Elsa Cala, enchantée. Y a pas de mal. Mais je ne comprends pas ce que vous entendez par « trop parisienne ».

– Ben, vous êtes trop cotée, trop chère pour Dinard…

Éric s'emporte :

– Vous rigolez ?! Dinard c'est Saint-Germain-des-Prés bis… Y a même plus de pouvoir d'achat ici qu'à Paris.

– C'est pas faux…

– Vous connaissez vraiment le travail d'Elsa ?

– Pas vraiment, non, pardon.

Éric sort son portable et se permet de montrer des clichés de la série *Mains*.

– Ah, j'aime beaucoup…

– Oui, c'est du génie cette série, on dirait du Léonard de Vinci, n'est-ce pas ?

Elsa est embarrassée.

– Arrête, Éric, ce ne sont que des ébauches… Et puis, la comparaison est exagérée tout de même ! Allez, viens, on arrête de déranger monsieur.

– Vous ne me dérangez pas, au contraire, revenez me voir quand vous aurez terminé la série, on pourrait programmer quelque chose…

Elsa et Éric sortent sur la digue.

– Pourquoi tu te renfrognes, Elsa ?

– Tu as pris des photos de mon travail sans m'en parler ! Et je n'aime pas trop être mise devant le fait accompli.

– Désolé, mais j'aime vraiment cette série, et là, l'occasion était trop belle pour passer à côté, j'ai cru bien faire, tu sais… Je ne veux que ton bien ma belle !

– Oui, je sais, mais dans le milieu de l'art, ça ne marche pas comme ça.

– Eh bien, il faut bousculer les choses, je pourrais être ton agent, tu sais, je suis certain que je ferais encore plus rayonner ta carrière, avec mes méthodes issues du monde du sport, un peu plus offensives…

– Je sais pas, Éric, et puis mélanger travail et vie privée, ce n'est peut-être pas la meilleure idée.

– Tu as raison, je disais ça comme ça… Mais pour l'expo ici, réfléchis quand même, c'est une belle opportunité, et ça nous donnera une bonne raison de venir.

– Je vais y penser, promis.

– Et maintenant à l'eau !

– Mais elle est froide ici, non ? Et j'ai pas pris de maillot.

– Regarde, j'ai tout prévu… Je t'en ai acheté un nouveau à Paris avant de partir et je l'ai mis dans le sac tout à l'heure. On se séchera au soleil, il fait encore chaud. Allez, zou !

Éric descend sur la grève, retire ses vêtements, et court en boxer de bain vers la mer secouée de vagues. Elsa n'a pas d'autre choix que de le suivre, emportée par son énergie contagieuse. Il plonge directement, Elsa met du temps à y entrer, l'eau doit être à peine à 17 degrés. Elle ne connaît pas les bains de mer dans la fraîcheur bretonne, elle a toujours nagé en Méditerranée. Elle ne connaît pas les journées soumises au rythme des marées, les plaisirs de la pêche à pied et des grandes balades sur les étendues de sable à perte de vue. Elle ne connaît pas les variations météorologiques incroyables d'une heure à l'autre, ces passages de l'hiver à l'été en quelques instants, elle se dit qu'ici tout est impétueux et dynamique, à l'image d'Éric. Éric l'éclabousse. Elle finit par se jeter à l'eau. Ils jouent ensemble dans les vagues. Ils sont les seuls baigneurs. La mer leur appartient, l'avenir leur appartient. Ils sont grisés, presque ivres d'iode et de sel. Il y a quelque chose de l'ordre du miraculeux dans cette baignade ludique, le temps est suspendu, ils ne communiquent que par le jeu des corps. Elsa a froid, sa peau se hérisse en une chair de poule fort apparente tandis qu'Éric semble encore avoir envie de nager.

Elle est restée dans l'eau jusqu'à claquer des dents, ses lèvres se teintent de violet. Elle déplie son foulard qu'elle utilise comme une serviette de bain, se frotte énergiquement le corps avec et enfile sa robe de coton. Elle regrette de ne pas avoir pris de pull, les rayons du soleil ont du mal à la réchauffer. Elle observe Éric qui enchaîne les longueurs de crawl entre deux bouées. Il n'a pas l'air de fatiguer. Elle ne sait pas comment il fait pour être toujours actif. Depuis leur rencontre, elle ne l'a jamais vu fatigué. Elle secoue ses cheveux, les démêle avec ses doigts, goûte le sel déposé sur ses mains fripées par la mer. Le bonheur doit avoir un goût salé. Elle s'allonge sur le foulard qu'elle a étalé, ferme les yeux, elle est prise d'une torpeur soudaine, ses membres sont amollis par la baignade. Malgré le repos de la nuit précédente, elle s'endort au soleil. Et malgré le cadre idyllique, elle fait un rêve angoissant. Elle se voit en train de dormir, dans un grand lit vide et froid. Elle se regarde se réveiller, allongée sur le flanc, le bras coincé sous son poids. Elle bascule sur le dos. Une impression étrange la saisit. Tout son côté droit est froid, et le gauche brûlant. C'est comme si le sang ne circulait plus dans une moitié de son corps. Elle agite son bras droit, ne sent absolument rien. Rien à voir avec les fourmillements que l'on peut ressentir après être resté trop longtemps dans la même position. Elle voit son avant-bras bouger avec cette main au bout qu'elle ne sent pas. Comme si on lui avait implanté un membre qui ne lui appartenait pas, comme si le greffon ne prenait pas. Un homme dont elle ne voit pas le visage approche, sort de sa poche un couteau et transperce sa main dans son rêve. Elle ne sent toujours rien, il s'acharne, mais aucune goutte de sang ne s'échappe, si ce n'est un liquide transparent.

Elsa se réveille en sursaut. Elle ne sait pas combien de temps elle a dormi sur cette plage. Éric n'est pas à ses côtés, elle ne l'aperçoit pas dans l'eau non plus. Elle s'inquiète, remonte sur la digue, entre dans la galerie pour demander s'il n'est pas repassé. Elle oscille entre la peur qu'il se soit noyé et celle qu'il soit parti pour toujours. Elle se raisonne, rentre à l'hôtel. Il est là, allongé sur le lit, entièrement nu. Il dit l'avoir attendue des heures.

– Il est 15 heures. Tu as dormi presque trois heures, je n'ai pas voulu te réveiller, tu dois être affamée. On pourrait aller manger des crêpes…

– Oh, j'ai dormi tout ce temps !? J'hallucine, décidément l'air de la mer me fait un drôle d'effet.

– Et sur moi, il a un effet aphrodisiaque, viens me rejoindre, j'ai très envie de toi.

L'amour fut encore délicieux, tout comme les crêpes au caramel au beurre salé englouties juste après, au salon de thé en face de l'hôtel. Repus, ils décident de marcher jusqu'à la plage du Prieuré, qui regarde Saint-Malo, la plus proche du barrage de la Rance. Au retour, Éric tient à retourner voir le bassin d'apprentissage de la planche à voile, il s'arrête devant un portail rouillé, il sort de sa poche une clé tout aussi rouillée et ouvre.

– Tu viens ?

– Mais comment tu as eu la clé…

– Je suis un magicien, tu sais…

– Non, sérieusement Éric…

– C'est Yvan, je l'ai connu quand nous étions gosses. Maintenant, il est agent immobilier et la maison de mes rêves va être mise en vente, on peut aller la voir. Alors, tu me suis ?…

– Mais pourquoi ?

– Comme ça, par curiosité.

Ils montent l'escalier qui mène à un jardin escarpé mal entretenu. Des pins ploient sur une vieille demeure de style néogothique. Elle ressemble à un petit manoir anglais. Côté rue, un autre jardin plus classique avec une grande pelouse débouche sur le portail principal à la peinture grise écaillée. Elsa est saisie par les senteurs de pin, de terre et d'iode mêlées. C'est très puissant, elle en est presque étourdie.

– Je n'ai pas la clé de la maison, Yvan ne l'a pas encore, les propriétaires sont à Paris. Mais je tenais à visiter le jardin et avoir un aperçu. Viens, les volets de la baie vitrée côté mer ne sont pas tout à fait fermés.

Ils aperçoivent une vaste pièce, vide, avec une cheminée en marbre. Elsa trouve la demeure sublime, même si elle fait un peu manoir hanté.

– Elsa, tu sais, tout ça peut être à nous un jour… Tu le mérites, on le mérite.

– Je ne comprends pas…

– J'en ai parlé avec Yvan, elle n'est pas hors de prix, j'ai de l'argent de côté, je ne t'en avais pas parlé jusqu'à présent, j'ai gagné beaucoup de fric en manageant un petit as du tennis en Espagne, j'ai mis cet argent sur un compte qui a pas mal fructifié avec le temps, et toi, tu pourrais vendre la rue de Bruxelles, ça constitue sans aucun doute un bel apport... À nous deux, on peut y arriver... Tu sais, Elsa, les rêves parfois, c'est fait pour qu'on les réalise.

– Mais ça voudrait dire quitter Paris, c'est de la folie, je ne suis pas sûre d'être prête...

– Mais si, tu es prête, on en a déjà un peu parlé, et rien n'est trop fou pour nous, Elsa. Tu m'entends, Elsa, rien.

Elle ne sait que répondre, regarde la demeure En effet, elle se verrait bien peindre ici, jardiner – elle rêve d'un jardin depuis qu'elle a quitté Châteauroux –, aimer, rêver. Une vie moins folle, un quotidien plus apaisé. Ils redescendent par l'escalier qui mène à la digue. Éric a raison, c'est un immense privilège de pouvoir descendre de chez soi directement à la mer. Éric perçoit l'enthousiasme d'Elsa, il se dit que c'est gagné ou presque. Il sent qu'il a fait fort, qu'il marque des points depuis leur arrivée à Dinard. Elsa n'est pas au bout de ses surprises.

Au retour, elle admire les voiles multicolores sur la mer bleu marine en cette fin de journée. Éric la laisse, prétextant un rendez-vous avec

Yvan pour lui rendre les clés de la propriété, Elsa va pouvoir souffler un peu. Elle s'allonge sur le lit, s'étire, elle n'a pas pris de douche après la baignade, le sel lui pique la peau, la sensation n'est pas désagréable, mais elle commence à se gratter. Seule la salle de bains rappelle que l'on est au XXIe siècle, avec son carrelage moderne et sa douche à l'italienne. Elsa a les joues toutes roses du coup de soleil qu'elle a pris pendant sa sieste sur la plage. L'eau apaise sa peau. Alors qu'elle se passe du lait après-solaire sur le visage et tout le corps, elle entend Éric rentrer dans la chambre. Il la rejoint dans la salle de bains. Elle a déjà faim, terriblement faim, malgré le goûter de crêpes.

– On dîne sur la terrasse, comme hier ?

– Non, je pensais à autre chose pour ce soir, fais-moi confiance, tu vas adorer.

Elle préférerait ne pas bouger de la chambre, les embruns et l'iode l'ont fatiguée, elle pourrait s'endormir sur-le-champ.

– Fais-toi belle et prends une petite laine, il peut faire frais où je t'emmène.

– On y va en voiture ?

– Non, pas besoin, ce n'est pas loin, pas loin du tout.

Éric se change, opte pour un pantalon bleu et une marinière. Elsa choisit une robe pull jaune.

– On dirait un petit soleil comme ça, le jaune te va si bien, ma magnifique… Lâche tes cheveux et tu seras sublime.

Ils marchent sur la promenade du Clair de Lune bordée de jardinets exotiques d'un côté, et de la mer de l'autre. La marée est très haute, le vent s'est calmé, pas une vague n'agite le paysage. On dirait un lac. On la surnomme la promenade des Anglais, car les voisins britanniques aimaient y flâner au début du siècle dernier, mais Elsa a l'impression d'être en Italie, sur le lac de Côme ou de Garde. Le ciel commence à être rose, et la mer brasille. Ils marchent jusqu'à l'embarcadère du port de plaisance. Un petit voilier les attend. Un skipper les accueille et aide Elsa à monter à bord. Le skipper les informe qu'ils vont faire un tour sur la Rance, de nuit, c'est très joli, avec les villas et les jardins illuminés.

– Mais on va dîner où ?

Éric explose de rire.

– Sur le bateau, tout est prévu, ma petite goinfre. Sois encore un peu patiente.

La traversée se fait dans la magie et le silence. Le skipper a dû mettre le moteur car le vent ne souffle pas assez pour naviguer à la voile. En face de la commune de La Richardais, le skipper coupe le moteur. Invités à passer sur le pont arrière Éric et Elsa découvrent une table avec une nappe blanche et des chandeliers. Deux assiettes y sont disposées. Le skipper allume les bougies. Éric soulève les cloches qui gardent les aliments au chaud, révélant sous chacune un homard grillé avec un filet d'huile d'olive, garni de petits légumes en dés.

– Elsa, si tu as encore faim après, il y a une tarte au citron meringuée en dessert.

Émerveillée, elle dévore. Le vin blanc est savoureux, le homard d'une fraîcheur incroyable.

– Il vient des îles Chausey, l'archipel au large de Granville, vous devriez y aller un jour, madame, c'est très sauvage.

La nuit est entièrement tombée, Éric et Elsa savourent leur dessert. Éric fait un signe de tête au skipper. Le vent s'est levé, a tourné, ils peuvent repartir à la voile. Arrivés à proximité de la plage du Prieuré, avec sa magnifique vue sur les remparts illuminés de Saint-Malo, le skipper mouille en pleine mer. Il descend dans la cabine et remonte avec une bouteille de champagne et des chocolats. Elsa a encore de la place pour les gourmandises.

– Mange, ma belle, mange, fais-toi plaisir, dans quelque temps, tu devras faire un peu attention…

– Pourquoi tu dis ça ?

– Ben pour pouvoir porter ta robe…

– Ma robe ? Quelle robe ?

– Elsa, ta robe de mariée !

– Quoi ?

Éric sort du cœur de la boîte de chocolats une bague ornée d'un lapis-lazuli.

Comprenant ce qui se passe, Elsa tremble. Elle n'ose pas y croire.

– Elsa, donne-moi ta main gauche…

Croyant défaillir, elle lui tend la main. Elle se sent toute petite, comme à chaque moment clé dans sa vie, le bac, le concours d'entrée aux Beaux-Arts, sa première exposition… C'est bien elle l'actrice principale de ces scènes, mais elle souhaiterait disparaître, ou n'en être que spectatrice.

– Elsa, veux-tu être ma femme ?

Elle ferme les yeux afin de s'imprégner de la voix d'Éric prononçant cette phrase. Il répète :

– Elsa, veux-tu être ma femme ?

Alors, du bout des lèvres, elle répond :

– Oui…

Prise dans un tourbillon d'émotions, Elsa se laisse emporter et dit « oui » à tout. Oui à la maison de Dinard, oui au déménagement et à l'adieu à Paris, oui au mariage, oui à ce grand chamboulement dans sa vie. Elle ne doit pas laisser passer sa chance. À presque trente-huit ans, elle ne peut pas se le permettre. Elle a trop souvent raté des occasions d'être heureuse par peur ou manque d'audace. C'est désormais terminé, il est temps de dire au revoir à la jeune fille timorée et d'accueillir la femme assurée qui redresse ses épaules et avance poitrine en avant dans la vie.

Les lumières des deux cités maritimes qui se font face s'éteignent, le bateau s'amarre au ponton, les futurs mariés s'enfoncent dans la nuit noire pour regagner l'hôtel. La main d'Éric serre celle d'Elsa, tellement fort qu'il lui fait presque mal.

*

* *

Durant tout ce week-end, il avait posé un très joli regard sur moi, cela m'avait fait un bien fou. Je sentais que notre relation pouvait être normale, que ma vie privée primait enfin sur le reste. Même l'art passait après. Je me sentais prête à avoir des enfants avec lui, enfin quelqu'un m'en donnait envie ! En fait, en caméléon parfait, il s'était comporté comme un bon génie capable de lire dans mes pensées et d'exaucer mes prières. Durant tout ce week-end, il avait été incroyablement gentil, capable de répondre à mes attentes, excessif certes, mais tellement enthousiaste et soudain dans son désir de profiter de la vie, de construire notre couple. Tout semblait possible et positif avec lui. Tant d'atouts avaient ébloui la femme timide et réservée que j'étais. En fait, il pratiquait ce qu'on appelle le « love bombing » – si l'on traduit en français : bombardement d'amour –, qui consiste à donner des signes de passion très rapidement. Cela se traduit par des déclarations d'amour romanesques, des attentions qui peuvent sembler démesurées, des cadeaux, des week-ends en amoureux, des invitations au restaurant, le besoin de se voir tout le temps, des messages du matin au soir et des projets sérieux après quelques semaines, voire quelques jours.

Je n'avais plus aucun recul, je vivais dans un tourbillon, et je l'ai laissé m'emporter. Durant ce week-end, je n'ai pas pu prendre une seule décision, tout m'a été imposé, sans que j'aie mon mot à dire. Il se la jouait prince charmant, m'offrait tout ce dont je rêvais, tout ce dont j'avais besoin ou, plus exactement, ce qu'il avait décrété bon pour moi. Ce vieux manoir en fait je ne l'ai jamais aimé, c'était bien trop pour nous, bien trop pour moi. Lui disait qu'il voulait que je sois vivante, qu'à Paris je crevais à petit feu, que je me détournais de ma créativité, de mon art, pour des mondanités et amitiés toxiques. Ses paroles sonnaient juste, j'en avais un peu ras le bol de Paris. Au fond, je désirais du changement, et il m'en offrait sur un plateau. Quant à la demande en mariage, deux mois à peine après notre premier rendez-vous, c'était totalement fou, mais nous n'aspirions pas à être raisonnables. Nous avions décidé d'envoyer balader la raison. Tout est allé trop vite. Je n'avais pas une minute à moi pour réfléchir, ce qu'il proposait je le faisais, à ce qu'il proposait, j'adhérais. Son empressement à m'épouser aurait dû éveiller mes soupçons, il voulait vite caler une date : une fois que nous serions mariés, son emprise sur moi se resserrait encore plus. Je lui avais confié que je ne prenais pas le mariage à la légère, que c'était important pour moi. Je lui avais confessé que je ne me marierais qu'une fois et ne divorcerais jamais. Je le pensais réellement, espérant ne pas répéter les échecs de mes parents, c'était capital pour moi. Il m'en avait déjà parlé au bout de trois semaines, durant l'une de nos longues nuits confession, où il cherchait sur l'oreiller à obtenir le maximum d'informations sur mon histoire, sur mes manques et mes aspirations. Ma volonté de me marier un jour, et que cela soit sérieux, n'était pas tombée dans l'oreille d'un sourd. Ça me changeait des hommes, ne souhaitant pas s'engager, que j'avais vus défiler dans ma vie. J'avais abandonné l'espoir, au point d'enfouir au plus profond mon attachement au mariage. À peine rentrés de Dinard, il avait fallu se lancer dans les préparatifs, vendre l'atelier, activer les démarches pour acquérir le manoir, ce qui a englouti toutes mes économies, le prêt à la banque, les choses se sont enchaînées à vive allure, pendant ces quelques mois. Éric alternait entre extrême gentillesse et crises de jalousie maladive. J'avais fini par aller à Châteauroux, mais rien de ce que j'avais imaginé ne s'était passé. Il m'a accompagnée, ne m'a pas laissée voir Émilie en tête à tête, prétextant vouloir mettre un visage sur « la fameuse Émilie ». Ma copine d'enfance ne l'a pas apprécié. Il assistait aussi à toutes mes conversations avec ma mère, et je n'ai évidemment pas pu contacter Jean. De toute façon, il ne devait pas être là ce week-end.

Éric n'a pas aimé Châteauroux, il a asséné que c'était beaucoup trop plouc pour moi, pour nous, pour lui en fait. Hormis ce week-end difficile et deux-trois scènes de jalousie, il ne s'était pas montré trop rude avec moi durant ces mois de préparation à notre nouvelle vie. J'appréciais même de plus en plus nos moments fusionnels, il avait réussi à me faire croire que nous nous suffisions à nous-mêmes. J'avais oublié les « maladresses », les moments de pression, les regards noirs. Il avait réussi à faire taire mes craintes et à abattre mes dernières défenses. J'étais à lui. Plus tard, il prendrait aussi la main sur mon art, devenant mon agent. Il avait réussi son entreprise de conquête, il lancerait bientôt la phase de destruction.

6

Le mariage

Ce doit être le plus beau jour de sa vie. Le mariage, elle en a tant rêvé. Elsa est tétanisée devant le miroir. Elle n'a jamais été aussi belle, ses cheveux bouclés tombent sur ses épaules nues et dorées, elle porte un bandeau prune avec un dahlia piqué dessus, une robe années 1920, fluide et sans froufrous. Si elle n'a jamais été aussi belle, elle n'a jamais été aussi fébrile non plus. Le doute l'assaille. Elle ne sait plus, elle n'est plus sûre de rien. Les dernières semaines avec Éric ont été aussi intenses que les débuts, le stress en plus – celui d'être à la hauteur des attentes d'un homme de plus en plus exigeant et possessif. Depuis des mois, Elsa ne vit qu'au travers des désirs et volontés d'Éric. L'achat de la maison, la vente de l'atelier de la rue de Bruxelles, le renoncement à la vie parisienne, le renoncement aux amis, le renoncement à la famille. L'impossibilité de créer. Après la série sur les mains que le galeriste de Dinard va exposer à l'automne, Elsa a traversé une période de vide artistique, accaparée par la préparation du mariage et l'amour de plus en plus enfermant. Évidemment, elle se laisse porter, elle est consentante, elle veut vivre avec Éric jusqu'à la fin de ses jours, elle veut avoir des enfants avec lui, elle est fière d'évoluer aux côtés de cet homme si dynamique, charismatique, qui ne transige sur rien. Mais elle ne sait pas pourquoi, elle n'arrive pas à se débarrasser de la boule d'angoisse apparue dès leurs débuts. Au cours de ces semaines de préparation du mariage, elle a très peu vu François et sa mère, n'a pas pris de nouvelles de Cynthia ou d'Émilie. Éric dit que leur couple doit se suffire à lui-même, que leur amour est plus fort que tout. La famille, les amis ne sont que sources de jalousie, entraves à l'épanouissement de leur amour, et surtout à son développement à elle. Il faut qu'elle se recentre sur elle-même et leur couple, il n'y a que ça qui doit compter, répète Éric. C'est en cachette qu'elle téléphone à sa mère et son frère. Eux assurent que ce n'est pas normal de se couper ainsi des siens, que cet homme est malveillant, qu'il y a quelque chose qui cloche. Elsa sait bien au fond qu'ils ont raison, mais elle craint tellement de perdre Éric. Chaque fois qu'elle s'oppose à lui, il disparaît, l'abandonnant plusieurs jours, disant qu'il « va prendre l'air ». Alors, il n'est plus joignable, Elsa ignore où il va dans ces moments-là, il cherche à la punir, et elle finit par penser qu'il a raison, qu'elle n'est pas à la hauteur, qu'elle ne le mérite pas. Dans ces moments-là, le manque qu'il crée la rend encore plus accro à lui. Puis, il revient sans un mot, sans une explication. De son côté, Elsa n'ose aucune question. À elle de se débrouiller avec sa culpabilité. Éric sait se montrer délicieux jusqu'à la prochaine crise, souvent déclenchée par une remarque qu'Elsa ne tolère pas sur ses proches qu'il considère comme des obstacles à la plénitude de leur couple. La dernière crise date d'un mois avant le mariage. Un soir, elle est sortie rencontrer François en cachette, dans un café près de Bastille, loin de leur quartier. Avant, elle avait marché le long du bassin de l'Arsenal, ce port en plein Paris qui fait un temps oublier la folie de la ville. Il faisait chaud ce soir de fin avril. François voulait la voir avant le mariage. Éric ne souhaitait pas sa présence à la cérémonie. Pour Elsa, il n'était pas question que ses proches ne soient pas invités. Elle lui avait tenu tête et obtenu gain de cause. Ce soir-là, Éric l'avait harcelée de SMS : *« Tu es où ? » ; « Tu fais quoi ? » ; « Avec qui ? » ; « Pourquoi tu me laisses seul ? »*. Pour une fois, elle avait décidé de ne pas répondre. Après tout, quand lui disparaissait, elle non plus n'avait droit à aucune réponse de sa part. Elle voyait son frère en cachette, la situation était assez ridicule comme ça. Elle avait fini par couper son portable pour passer une soirée tranquille. François était inquiet, il trouvait sa sœur amaigrie et triste alors qu'une future mariée devrait être joyeuse et épanouie. Elsa l'avait assuré que tout allait bien, que cette nouvelle vie qui s'annonçait en Bretagne l'excitait follement, qu'Éric voulait vraiment son bien, elle avait répété cette phrase plusieurs fois durant la soirée : « Tu sais, Éric veut vraiment mon bien », comme si elle cherchait surtout à s'en convaincre elle-même. François n'avait à aucun moment essayé d'empêcher le mariage, mais il avait prié Elsa de ne pas couper le contact avec la famille, de ne pas se perdre dans cette histoire, et surtout de ne pas renoncer à son art. Elsa avait parlé de l'expo à Dinard, mais avait tu qu'elle ne peignait plus rien depuis des semaines, que son imagination était entravée, que chaque fois qu'elle se mettait à son chevalet, Éric la surveillait, et que ça la bloquait. Elle avait vécu ce dîner frugal – elle manquait d'appétit durant ces semaines de préparatifs au grand jour – pleine d'appréhension. Elle savait qu'à son retour elle aurait droit à la mitraillette à questions d'Éric, et à une de ces salves de reproches qu'elle tolérait de moins en moins. C'est d'ailleurs pourquoi elle évitait de sortir, pour limiter ces moments pénibles et humiliants. Ainsi, le piège se refermait sur elle. Et c'était elle-même qui en actionnait le processus.

Elle a très peu bu durant cette soirée avec François, anticipant son retour auprès d'Éric. Elle voulait être d'attaque pour essuyer ses remarques, et faire face à une nuit qui, elle le savait, serait longue, entre discussions sans fin, justifications à répétition, et sexe réparateur et consolatoire.

En sortant du dîner, elle a accompagné François fumer une cigarette sur le trottoir. Une impression étrange s'est emparée d'elle. Elle s'est sentie observée. Au coin de la rue, elle a cru voir une silhouette masculine. Puis ils ont marché jusqu'à l'église Saint-Paul pour attraper un taxi. Sur le boulevard Saint-Antoine, Elsa avait l'impression d'être suivie, au point de se retourner plusieurs fois. À l'angle de la rue de Birague, elle avait vu une moto tourner, elle en était certaine, la même que celle d'Éric, elle n'avait pas voulu céder à la paranoïa. Mais ce n'était pas la première fois qu'elle se sentait espionnée lors de ses promenades et rares sorties dans Paris, et chaque fois elle voyait cette moto noire. Elle n'avait pas osé demander à Éric s'il la suivait, cela n'aurait fait qu'empirer les choses, elle préférait faire table rase des sources de conflit, oublier les sujets qui fâchent, les enterrer même, s'il le fallait, afin de ne garder que le meilleur d'Éric.

Dans le taxi qui la ramenait rue de Bruxelles, elle est restée silencieuse, François l'a priée de prendre bien soin d'elle puis l'a serrée dans ses bras, très fort, avant qu'elle descende de voiture, et a lâché un « je t'aime, ma sœur » criant de vérité, comme si elle partait à la guerre. Elle est rentrée chez elle, Éric était là, assis sur le canapé, souriant, mais le regard plein d'une dureté glaçante. Il ne lui a fait aucune remarque désobligeante, il s'est levé pour se servir un verre de vin, une des bouteilles qu'ils testaient pour le mariage, il lui en a tendu un, elle n'a pas osé décliner, ils ont bu lentement en se fixant : elle tentait de deviner s'il avait compris qu'elle savait qu'il la suivait ; lui cherchait à savoir si elle l'avait démasqué. Ils sont restés silencieux à se sonder mutuellement, savourant le vin délicieux. Puis ils sont allés se coucher. Sans un mot, comme d'habitude, il s'est allongé contre elle, en cuillère, a glissé sa main dans la sienne, et s'est endormi. Et comme d'habitude, elle a eu un mal fou à trouver le sommeil, à se libérer, un peu, de son étreinte.

Elsa se regarde dans le miroir, vêtue de sa robe de mariée. Dans moins d'une demi-heure, elle devra faire son entrée dans l'arène, affronter le regard de gens qu'elle ne connaît pas. Éric a toujours répété qu'il n'avait aucun ami, Elsa se demande d'où sortent tout à coup tous ses invités. De son côté, elle a convié peu de monde : sa mère, François, Cynthia, Émilie, quelques galeristes. Gaby, son agent, a décliné son invitation. Il ne lui parle plus depuis qu'elle lui a annoncé qu'Éric se chargerait désormais de la représenter – d'ailleurs il comptait s'y consacrer quasiment à plein temps, ne gardant que cinq sportifs, les plus bankables, car il souhaitait s'éloigner peu à peu du milieu du sport. S'il avait consenti à rencontrer quelques amis d'enfance d'Elsa de passage à Paris, ces derniers n'avaient pas trouvé grâce à ses yeux. Il avait jugé les hommes un peu lourds, les femmes vulgaires et banales, et donc pas dignes d'elle. Elsa en avait été attristée, mais au fond elle n'avait plus grand-chose à voir avec ces gens-là, et elle trouvait aussi qu'ils manquaient de conversation. Elle avait détesté penser ça, mais c'était la cruelle réalité.

Elsa se regarde dans le miroir. Elle sait sa mère dans la salle et elle craint de croiser son regard, elle culpabilise de ne pas avoir insisté auprès d'Éric pour qu'elle dîne la veille avec eux, la mère et la sœur d'Éric. Il avait avancé qu'elles ne s'entendraient pas, qu'elles ne venaient pas du même monde. Ses proches à lui n'avaient jamais rien connu d'autre que les rives du lac à Genève, ne fréquentant que des membres de la haute bourgeoisie suisse et du nord de l'Italie. Pour la mère d'Elsa, ce ne serait pas un bon moment, a-t-il conclu, il faisait ça pour elle, pour la protéger. Bien que trouvant ça offensant, Elsa s'était tue, après tout sa mère n'était pas à l'aise en public. Mais face à son reflet, elle est prise de remords. Elle a apprécié la compagnie d'Éliane et de Julie, les a trouvées chaleureuses et absolument pas snobs. Elle est certaine que sa mère et François auraient eu leur place à cette table. Elsa s'est étonnée du décalage entre l'histoire familiale qu'Éric lui avait racontée au début et la réalité. D'après son récit, il avait perdu son père très jeune et souffert de manque d'affection. Sa mère était présente mais pas vraiment maternelle et préférait sa jeune sœur. Elle l'avait donc mis en pension à douze ans dans un internat pour gosses de riches à Bergame, dans le nord de l'Italie. Il ne rentrait chez lui qu'une fois par mois et à Noël et Pâques. Il disait craindre la froideur de sa mère. Pourtant Elsa l'a trouvée généreuse, avenante, et plutôt tendre envers son fils. D'ailleurs, durant le dîner, il a pris beaucoup de place, monopolisant la parole, s'exprimant à la place de sa sœur, coupant la parole à sa mère lorsqu'elle commençait à raconter des choses de lui enfant, et s'exprimant sur le travail d'Elsa sans qu'elle ait vraiment son mot à dire. Elle l'a laissé faire, pensant que son besoin de prendre l'ascendant sur les femmes était lié à ces deux figures féminines fortes qui l'avaient constitué lorsqu'il était petit. Quand Julie a demandé ce qu'Elsa avait fait pour son enterrement de vie de jeune fille, Éric a rétorqué que rien n'avait été prévu, pas plus que pour son enterrement de vie de garçon, ils étaient au-dessus de ça et trouvaient tous les deux cette tradition vraiment « beauf ». Elsa aurait pourtant adoré faire la fête jusqu'à pas d'heure avec Émilie, Cynthia et des anciennes des Beaux-Arts. Mais bon, en épousant Éric, elle avait conscience qu'elle renonçait à sa vie d'avant, et le faisait en connaissance de cause, parce qu'elle était persuadée qu'il valait tous ces sacrifices. C'était un homme hors du commun, elle se le répétait.

Elle se le répète encore pour se donner du courage avant la cérémonie. Elle est dans sa nouvelle chambre, encore vide, car le déménagement à Dinard est programmé pour la semaine suivante. Mais la fête a lieu dans le parc. Éric a tout organisé sans qu'elle ait son mot à dire. Encore une fois, il a pris toute la place, elle a juste tenté de s'intégrer à ses idées, d'attraper le train qui roule à une vitesse effrénée. Un grand mariage, au bord de la mer, dans le parc de leur manoir, avec sortie en bateau au flambeau. Il lui a choisi deux robes, une pour la cérémonie dans le jardin, et l'autre pour la retraite au flambeau. Un mariage de princesse… Il lui a promis du rêve. Le rêve est sur le point de se réaliser. Elle regarde par la fenêtre, voit tous ces gens bien habillés, tous en mauve, la couleur phare de la fête, seule Elsa sera en blanc pour la cérémonie, et en lilas pour le bateau et la soirée. Éric a bon goût. Des pétales de fleurs blancs et mauves tapissent l'allée centrale du jardin. Côté mer, la terrasse en pierres a été transformée en autel, c'est là que les futurs époux devront prononcer leurs vœux. Le vin d'honneur aura lieu dans le jardin et le salon vide, puis tout le monde descendra les marches qui mènent à la digue, la fierté d'Éric. Ensuite tout le monde marchera sur la promenade du Clair de Lune avant d'embarquer sur les voiliers où le dîner sera servi par petits groupes, les bateaux remonteront La Rance jusqu'à l'endroit où Éric a fait sa demande en mariage. Alors, un feu d'artifice sera tiré et enfin on reviendra au manoir faire la fête.

Elsa repasse dans sa tête toutes les étapes de l'événement impeccablement orchestré par Éric. Craignant d'oublier quelque chose ou de faire un geste de travers, elle révise son mariage. « Réviser son mariage », cette pensée la fait sourire mais en même temps l'effraie, la boule d'angoisse se loge à nouveau dans sa gorge, son ventre est tendu. Elle prend une grande inspiration, regarde une dernière fois les gens qui s'animent dans le jardin. Ils lui sont presque tous inconnus, comme si des figurants s'étaient invités à son mariage. Et si c'était le cas ? Et si Éric avait vraiment loué pour l'occasion les services de professionnels ? Elle s'en veut de penser ça. Et si c'était elle, au contraire, la figurante ? Elle en a parfois l'impression. Seulement une silhouette dans le film de son histoire d'amour avec Éric, film écrit et réalisé par Éric, et dont il serait le seul protagoniste. Après tout, n'est-elle pas qu'un personnage secondaire dans le scénario ?

On frappe à la porte, c'est François, c'est lui qui la mènera à l'autel.

– Tu es sublime…

– François… j'ai peur…

– Tu peux encore tout arrêter, tu sais…

– J'ai peur, mais je l'aime…

– Ce n'est pas antinomique d'aimer et d'avoir peur. À moins qu'il y ait autre chose… Moi, tu sais, ce que j'en pense… Je ne le sens pas du tout Éric. Tu es certaine que c'est ce que tu veux ?

– Oui, François, je suis certaine de mon choix.

– Alors on y va, princesse !

Elle descend l'escalier au bras de son frère. Elle pense qu'il a toujours été l'homme de sa vie et qu'elle le délaisse désormais pour Éric. En si peu de temps, Éric a pris toute la place dans le cœur d'Elsa, il a colonisé son être, et aujourd'hui elle va s'unir à lui pour le restant de ses jours. Elle veut ce mariage, elle a toujours voulu ce mariage, pour corriger son histoire familiale, effacer la tache, conjurer la malédiction qui veut que chez elle les femmes soient quittées, enceintes ou au pied de l'autel, comme sa grand-mère maternelle que son promis avait abandonnée pour une autre une heure avant l'Église. Elle veut conjurer le sort. Non, tous les hommes ne sont pas des lâches, ils ne sont pas tous des salauds, et Éric n'est ni l'un ni l'autre. Il a du tempérament et il est exigeant, c'est tout. Ça ne fait pas de lui un homme mauvais. Bien sûr, parfois, il a des regards durs et des colères froides. Elle composera avec, s'efforcera surtout de les éviter. Elle les considère comme les manifestations d'une souffrance, qu'elle devra apaiser. Elle se dédiera tout entière au bonheur de son mari.

Ses jambes flageolent au milieu des marches, François sent qu'elle vacille, il tente une dernière fois :

– On se barre en courant ?

Elle rigole, reprend courage et offre son plus beau sourire au parterre de convives. Elle traverse le salon, puis le jardin et se dirige vers l'autel côté mer. Éric est là dans un magnifique costume bleu marine, il n'a jamais été aussi resplendissant. Il la dévore des yeux, pénètre la moindre parcelle de son corps. Elle appartient à cet homme et cet homme lui appartient, elle n'a jamais imaginé un amour aussi fusionnel, avec tous les risques que cela comporte, des risques qu'elle est prête à prendre. Elle évite les regards des invités, elle sent celui de sa mère, baisse la tête lorsqu'elle passe devant elle. Pas besoin de la regarder pour comprendre sa désapprobation. Pourquoi une mère refuse-t-elle le bonheur de sa fille ? Auprès d'Éric, Elsa a tout pour être heureuse, une belle maison, des grands restaurants, une vie au bord de la mer. L'échec de son couple est impossible. Et la réussite sociale ! Pourquoi sa mère n'y est-elle pas sensible ? La jalouserait-elle d'avoir ce qu'elle n'a jamais eu ? Elle ne cesse de lui répéter : « Je ne le sens pas, cet homme, c'est tout. » Peut-on se fier à l'intuition d'une mère ? Elle n'a jamais été intrusive, ne s'est jamais vraiment depuis Jean mêlée de ses histoires d'amour. Sa mère avait regretté Jean. Elsa croyait et répétait qu'on ne pouvait pas faire sa vie avec son premier amour, alors que sa mère pensait, elle, que ce sont les plus belles histoires.

Le prêtre est prêt à commencer, Éric a tenu à célébrer leur union devant Dieu, Elsa n'y tenait pas particulièrement, elle n'était plus allée à l'église depuis sa communion, mais le prêtre, assez jeune, est très ouvert, ils avaient convenu ensemble d'une cérémonie très courte et à l'extérieur. Le mariage civil s'était tenu trois jours avant en tout petit comité, juste en présence de François qui, malgré ses réticences, avait accepté d'être le témoin d'Elsa, et de Julie, la sœur d'Éric. Elsa est donc déjà mariée, mais ne le réalise pas encore. Tout va très vite, les vœux sont prononcés, un oui franc et affirmé pour Éric, un oui plus hésitant et timide pour Elsa. Les alliances sont passées, le baiser est échangé. L'assistance applaudit le spectacle de leur amour éclatant. Elsa ose enfin regarder sa mère. Cette mère qui fond en larmes au mariage de sa fille. Elsa sait que ce ne sont pas des larmes d'émotion.

*

* *

J'ai vécu le plus beau jour de ma vie comme une spectatrice, j'étais comme extraite de la fête, dont j'étais pourtant le cœur. Je me fondais dans les pas, les actes et les pensées de celui qui devenait mon mari. Un grand drame se jouait devant tous ces convives enviant ou admirant notre bonheur apparent. Déjà, j'étais à côté, à côté de mon couple, à côté de mon être, incapable de savourer le moment, tant la boule d'angoisse grandissait dans ma gorge. Les bustiers de mes deux robes m'oppressaient, les regards des autres m'accablaient, celui de mon mari me terrorisait déjà. En fait, je pressentais que je m'enfonçais dans la tragédie. En l'épousant, je l'acceptais. J'avais distingué l'origine du malheur qui allait m'arriver et pourtant je ne reculais pas et m'unissais à lui. Je me croyais forte, plus forte que l'adversité, l'humiliation, la maltraitance psychologique.

Son arme pour m'abattre fut la parole, cette parole insidieuse et blessante qui s'était invitée très tôt dans notre relation. Mais je faisais comme si, comme si les mots pouvaient s'oublier, comme si ce n'était pas grave, comme si c'était normal, comme si ça se faisait dans tous les couples, de se faire mal par les mots, de dominer l'autre, de l'écraser. Tant qu'il n'y avait pas de violences physiques, je pensais qu'en réalité ce n'était pas si terrible. Pourtant j'avais senti dès les premiers instants que quelque chose ne fonctionnait pas, mais tout était encore confus, l'amour, les sentiments, la nouveauté, la peur, tout se mêlait dans ma tête. J'étais aimantée par lui, il me fascinait autant qu'il me perturbait par sa trop grande assurance, sa trop grande beauté, sa trop grande énergie. Il était « trop tout », et à ses côtés je ne me sentais « pas assez ». Il m'est arrivé plusieurs fois de ne pas me sentir à la hauteur de cette relation. Il était le puissant, j'étais la minuscule. Ce fut un lent travail de sape psychologique qui m'a menée à me considérer comme une « presque rien » alors que lui s'était positionné comme le « grand tout » de mon quotidien. Tout devait s'articuler autour de ses désirs à lui, de ses frustrations, de ses pulsions. Je devais m'effacer pour me mettre à son service. Il m'avait « offert » un grand mariage, je devais lui rendre la pareille. Cette fête, c'était de la poudre aux yeux pour notre entourage, pour masquer la réalité. Ma mère, elle, avait tout compris, ses larmes parlaient pour mes proches qui eux aussi savaient.

Éric avait organisé quelque chose de magnifique pour notre mariage. Moi, ça me faisait rêver, il est vrai, la fête dans le parc du manoir, le dîner sur les bateaux, les deux robes, les pétales de fleurs, il fallait en mettre plein la vue. Mais je n'ai jamais oublié les larmes de ma mère le jour de mon mariage, ces larmes m'ont longtemps hantée, elles me bouleversent encore aujourd'hui. Comment ai-je pu infliger ça à ma mère, comment ai-je pu m'infliger ça ? C'était lui, le jaloux, et j'ai fini par le croire quand il me disait que c'étaient ma famille et mes amis qui me jalousaient. Il a réussi à me séparer de mon frère, mon double, mon meilleur ami, me disant que j'étais sous son influence, qu'il était temps pour moi de couper le cordon avec lui. Quant à ma mère, elle n'était pas un modèle féminin à suivre. Elle se négligeait, geignait, elle s'était enfermée dans sa blessure de femme abandonnée qu'elle n'avait jamais surmontée, ce qui ne me tirait pas vers le haut. Au nom de « notre grand amour », je me coupais du monde, au nom de « notre grand amour », j'entrais dans une secte dont j'étais le seul membre, entièrement dévoué au culte de cet homme gourou.

D'amour entre nous, il n'a jamais vraiment été question, en fait il était incapable d'en donner, il ne faisait que le mimer, sa perversion l'empêchait de ressentir toute forme d'empathie et a fortiori d'amour. Et moi, j'ai cru l'aimer, j'ai façonné un amour que je n'ai jamais connu et que j'ai bâti de toutes pièces. J'ai écrit une fiction à partir des plus beaux moments de notre histoire. J'ai enrobé, magnifié, composé, j'ai tordu le réel pour le rendre supportable. J'ai menti, menti à tout le monde, et surtout à moi-même. Où étais-je durant tous ces mois ? Qui étais-je ? Personne, seulement la femme d'Éric. J'ai cru, à cause de quelques moments, à sa gentillesse, sa générosité, sa tendresse, j'ai cru qu'ils étaient sa manière de se racheter parce que, malgré tout, il m'aimait. En fait, il cherchait juste à semer la confusion en moi, et j'ai fini par en faire toujours plus pour lui, par accepter toujours plus, dans l'espoir de retrouver la relation de nos débuts.

Dès l'instant que je l'ai épousé, il m'a spoliée de mon identité. J'ai dû prendre son nom, dans la vie civile mais aussi en tant qu'artiste, il a exigé que je renonce à mon nom, seul celui de femme mariée existait désormais. J'ai tenté de lui résister sur ce point, en vain. Comme d'habitude, il a trouvé les bons arguments. Je devais m'appeler comme lui, en toute circonstance, il fallait que tout le monde comprenne que j'étais sa femme. C'était une façon de marquer son territoire, et surtout, pour lui, que j'adopte son patronyme comme nom d'artiste constituait une véritable preuve d'amour. Il disait que si je m'y opposais c'était signe que je ne l'aimais pas vraiment. Ou pas assez. Forcément, il a gagné. J'ai cédé à son chantage. Je n'étais plus Elsa Cala en tant qu'artiste, je n'étais plus Elsa Cala en tant que femme. Je vivais, mais Elsa Cala n'existait pas, n'existait plus. Elsa Cala était morte. Cependant, je devais rester debout, faire bonne figure, pour prouver aux autres que je ne m'étais pas trompée. J'avais épousé quelqu'un de bien. Tout n'étant qu'illusion, je devais continuer à faire illusion. Et à quel prix ! Jamais je n'aurais imaginé que me marier signifierait renoncer à ma liberté. L'alliance que je portais marquait mon aliénation. Je n'étais plus libre de mes mouvements, de mes pensées, tout m'échappait.

7

L'emménagement

Elsa est recroquevillée à même le sol de la salle de bains. Sidérée. Elle retient ses larmes pour qu'Éric n'entende pas ses sanglots derrière la porte. Elle est sur le point de craquer, elle se contrôle. Des semaines qu'elle prend sur elle. La vie à Dinard ne se déroule pas comme elle l'avait espérée. Le manoir lui est hostile. Ici, elle n'a pas de repères. C'est sa maison, mais elle ne s'y sent pas chez elle. Elle n'a pas pu choisir les meubles, ni apporter sa touche à la décoration, à part pour son atelier, elle n'a rien eu le droit de garder de son mobilier parisien, trop vieux, trop abîmé, pas assez moderne. Éric a choisi des meubles blancs et impersonnels, avec lui, tout doit être minimaliste, rangé, froid. Elle aurait préféré chiner, prendre son temps pour dénicher des pépites, mais Éric répétait son adage favori : « Prendre son temps c'est perdre du temps ». Il a fait abattre tous les arbres de la propriété, un crève-cœur pour Elsa, elle adore les arbres, les jardins un peu sauvages. Ils lui rappellent celui de sa grand-mère près de Châteauroux, un endroit merveilleux avec des cabanes dans les arbres, des broussailles, et deux grands marronniers pluricentenaires à l'ombre desquels elle passait des heures, allongée, à rêvasser. Elle pensait retrouver ces moments de paix dans le domaine de Dinard, sous les pins maritimes. Éric disait que les pommes de pin c'était la tannée, que s'ils gardaient les arbres, ils seraient envahis par les aiguilles de pin et les insectes, qu'avec les tempêtes à répétition dans la région « c'est dangereux, les arbres » et que « ça ne fait pas propre ». Elle ne supporte plus de l'entendre dire à tout bout de champ : « Ça ne fait pas propre. »

Ce matin, alors qu'ils ont passé une soirée délicieuse hier à faire la course sur la plage dans le grand vent de l'automne puis à se réchauffer en dégustant un merveilleux whisky tourbé offert pour leur mariage, elle s'est levée, a enfilé son jogging doudou et rejoint Éric dans la cuisine pour le petit déjeuner. Quelque chose lui a déplu, elle l'a tout de suite remarqué à son regard qu'il a promené sur elle de bas en haut, puis à sa manière de s'attarder sur son visage. En effet, il a fini par cracher son venin et Elsa a encaissé sans rien dire.

– Dis donc, tu as une sale gueule, ce matin... Tu t'es regardée dans une glace ? Je te croyais différente, toujours belle au réveil... Mais là, franchement, t'as pris dix ans en une nuit. Et puis, il faut que je te dise, je ne supporte plus ton affreux jogging, ça fait négligé, je ne veux pas d'une femme qui se néglige.

– Mais...

– Y a pas de mais... Va te changer, te préparer, je ne veux pas partager mon petit déjeuner avec une femme mal attifée !

Elle s'est figée. Incapable de se défendre, d'aller plus loin que ce « mais... » Éric n'avait même pas haussé le ton, il avait balancé ses reproches d'une voix presque doucereuse, comme s'il énonçait des conseils, qu'il faisait ça pour son bien à elle, pour l'éduquer.

– Ben pourquoi tu restes plantée là ! File !

Il l'a contrainte par ses seules paroles à se plier à sa volonté. Dans le couloir qui conduit à la salle de bains, elle s'est vue dans le grand miroir et s'est sentie sale, laide, avilie. Elle s'est dit qu'il avait raison. Elle n'avait l'air de rien avec ses cheveux ébouriffés, ses cernes et ce jogging qui a plutôt l'air d'un pyjama d'adolescente attardée. Il a raison. Elle le répète dans sa tête : « C'est ton mari, et il a raison. » Lui est toujours impeccable et élégant, il a raison, elle n'est pas à la hauteur de son mari. Si ça continue, il va partir. Il faut qu'elle se ressaisisse.

Dans la salle de bains, elle est pourtant incapable de quoi que ce soit, elle s'est passé de l'eau sur le visage, puis s'est sentie défaillir, ses traits dans le miroir sont devenus tout flous, elle ne s'y est plus reconnue, comme s'ils s'effaçaient, comme si son identité s'évaporait. Un nœud se formait dans sa poitrine ; la boule, encore la boule, qui descendait de sa gorge. « Je ne veux pas prendre mon petit déjeuner avec une femme mal attifée. » Cette phrase la pénétrait, la transperçait, la déchirait. Elle s'est sentie seule, immensément seule. C'est alors qu'elle s'est effondrée et s'est blottie à même le carrelage froid, si froid.

Elle a froid. Elle grelotte. Elle a besoin que quelqu'un la prenne dans ses bras pour la réchauffer. Elle a retiré son jogging doudou, l'a roulé en boule et collé contre son ventre pour calmer son angoisse, sa panique, et se raccrocher à quelque chose de doux, de rassurant, à quelque chose de sa vie d'avant. C'est la première fois qu'elle formule ça : « La vie d'avant Éric ». L'homme qu'elle aime la malmène, l'homme qu'elle aime rejette ce qu'elle est au fond, une fille simple, aux petits plaisirs simples, l'homme qu'elle aime la rabaisse…

Il est derrière la porte. Il frappe.

– Elsa, ouvre-moi. Elsa qu'est-ce qui se passe, ma chérie ?

Il semble ne pas avoir conscience du mal qu'il lui a fait, il y a à peine un quart d'heure. Elle se ressaisit, se dit qu'il ne le fait pas exprès, qu'il ne veut pas la blesser, que ce n'est rien tout ça, rien que des phrases qu'au fond il ne pense pas. Elle se relève, les yeux rougis, pâle en petite culotte et soutien-gorge, et lui ouvre la porte. Elle se sent toute petite. Il change complètement de registre.

– Ben alors, qu'est-ce que tu as, ma magnifique, faut pas pleurer comme ça, tu n'es pas heureuse ici avec moi ? Tu as ta maison au bord de la mer, c'est bien ce que tu voulais, vivre au bord de la mer avec moi ?...

– Mais oui, Éric…

Elle prononce cette phrase sans grande conviction, dans un soupir las. Elle abdique, choisissant de s'enfoncer dans ce mensonge de vie parfaite, sans anicroche. Tout va bien.

Éric prend la brosse à cheveux, assoit Elsa sur le bord de la baignoire, et commence à la coiffer comme si elle était sa poupée, une poupée qui dit toujours oui.

Elsa a retenu la leçon. Elle fait bien attention à son apparence, mais à part Éric, elle ne voit pas grand monde. Il lui arrive de rencontrer le galeriste avec lequel elle prépare le vernissage de l'exposition *Mains.* D'ailleurs, elle a été décalée de plusieurs mois et se tiendra finalement au printemps prochain. Ce qui donnera le temps à Elsa de l'étoffer un peu. Et il y a les ouvriers qui rénovent la maison et continuent de ratiboiser le jardin. Éric s'absente parfois pour plusieurs jours. Elle ne comprend pas ce qu'il fait vraiment. Il dit gérer encore quelques sportifs et devoir donc être auprès d'eux dans leurs compétitions et déplacements. Quand il part, il est encore présent. Il l'inonde toujours autant de SMS lui demandant ce qu'elle fait, où elle est, avec qui. Plus il lui écrit, moins elle se sent aimée, elle sait que c'est pour la surveiller. Quelquefois, lorsqu'elle fait son jogging sur la plage, elle a l'impression d'être observée, qu'il est là, tapi quelque part, alors qu'il est en voyage.

Il rentre ce matin. Cette nuit, il ne l'a pas laissée dormir, insistant par une pluie de messages pour qu'elle lui écrive « je t'aime ». Elle fait l'expérience de nuits au sommeil haché, il la tire parfois de ses rêves pour lui parler d'Alice, lui faire part de sa peur qu'elle le quitte. Cela l'épuise, la rendant moins alerte. Son énergie et sa capacité de réflexion s'amenuisent. Peu à peu elle abdique, elle n'a pas la capacité de faire autrement mais elle peine depuis quelque temps à lui écrire qu'elle l'aime. À force d'être constamment contrainte de lui déclarer son amour, elle se demande si ces mots ont encore du sens.

Il rentre ce matin, et elle a mis une jolie jupe droite en jean tombant juste au-dessus du genou, une chemise blanche et une veste de tailleur bleu marine, elle a ramassé ses cheveux en chignon bas, et maquillé ses yeux d'un trait de khôl. Elle est un peu angoissée à l'idée de le retrouver, mais elle a envie de le séduire. Comme reliée à lui, elle sent qu'il approche. Elle en a les mains moites. Elle prépare son plus beau sourire. Il ne supporte pas qu'elle n'ait pas l'air joyeux. Et quand elle ne l'arbore pas, il l'admoneste d'un : « Qu'est-ce que t'as à faire encore la gueule ?! » Alors qu'elle est juste triste. Triste d'être loin des siens, triste de ne plus parler qu'à lui, triste parce que l'automne se fait pluvieux. Triste de ne pas arriver à peindre. Mais ça, il ne peut pas l'entendre.

Les pneus de la voiture crissent sur les graviers de l'allée, elle entend la portière claquer derrière Éric. Elle avance sur le pas de la porte pour l'accueillir. Il la serre dans ses bras. Toutes les appréhensions d'Elsa s'évaporent dans cette étreinte chaleureuse. Il lui caresse les cheveux. Ils rentrent bras dessus bras dessous dans leur demeure. Ils s'embrassent. Éric répète à Elsa à quel point elle lui a manqué. Il lui fait compliment de sa tenue qui l'excite follement. Il a envie de faire l'amour, il a de la chance d'avoir une femme aussi belle, ça le rend dingue de ne pas être tout le temps avec elle. Il l'entraîne dans la chambre et lui fait l'amour brutalement, une brutalité qu'elle ne lui connaissait pas jusqu'à présent dans l'intimité, il la prend très vite et très fort, comme s'il avait un besoin urgent de reprendre possession de son corps. Elle ne peut que le laisser faire, se laisser dévorer. Elle n'a pas vraiment de plaisir. Seul son plaisir à lui compte. Il la laisse sur le lit pour aller se doucher. Elle est déconcertée, elle a vraiment l'impression d'avoir été consommée. Jusqu'à présent, elle a toujours aimé sa façon de lui faire l'amour, elle a même fini par accepter qu'il presse sa main sur sa gorge au point qu'elle manque de souffle. Mais depuis quelques semaines, depuis leur arrivée dans la maison à vrai dire, elle a l'impression que leurs étreintes sexuelles sont de plus en plus rudes, qu'il tente de la soumettre, de la dominer.

Elle enfile un short et un pull en laine pour aller s'isoler dans son atelier, elle a un soudain besoin de créer, d'exorciser ce qui la perturbe, ce qu'elle tait, incapable de le dire à Éric. Elle s'installe devant son chevalet, prend un pot de peinture noire, et commence à moucheter de son pinceau la toile blanche. Elle fait cela longtemps, avec rage et acharnement, pour se défouler. Jusqu'à ce qu'Éric lui crie qu'il est l'heure de déjeuner, lui demandant ce qu'elle a préparé pour leurs retrouvailles. Elle n'a pas faim, elle manque d'appétit depuis leur mariage et leur installation à Dinard. La boule a envahi son estomac. D'ailleurs, elle a perdu beaucoup de poids, elle flotte dans ses pantalons, et son short en jean lui tombe sur les hanches.

Elle se décide à poser ses pinceaux, la toile est désormais couverte de noir. Elle regarde par la fenêtre, la mer est grise, ce midi. Souvent, elle est bleu marine. Mais en ce moment, c'est le noir qui obsède Elsa. Aussi, elle ne peint qu'en noir. Elle traverse le salon et salue d'un signe de tête les jardiniers qui prennent leur pause sous la pergola. Éric est attablé dans la cuisine, elle l'embrasse, il a un geste de recul.

– Ça te dérange pas de te balader comme ça ?

– Me balader comment ?

– En minishort ! Tu allumes les ouvriers, ça fait des semaines que tu allumes les ouvriers.

– Ben non, Éric, tu sais bien que je fais attention et que je n'ai absolument pas envie d'allumer des hommes.

– Alors, change-toi, ça fait aguicheuse tout de même. Les shorts, ça les affole, j'ai vu leur regard, ça ne me plaît pas du tout. Je dis ça pour toi, pas envie qu'il t'arrive quelque chose. Tu sais, la plupart des hommes sont des prédateurs, ils ne sont pas tous comme moi, à l'écoute des femmes.

– Je sais…

Elle consent à aller se changer, ne sachant pas quoi mettre. Éric la déstabilise. Selon lui, elle est soit trop négligée soit trop sexy. Ça l'embrouille. En ouvrant son armoire, elle a un choc. Tout est rangé, plié, et elle découvre pendus sur des cintres des nouveaux vêtements, des chemises blanches et des pantalons noirs, tous identiques. Et deux petites robes de soirée bleu marine. Elle cherche son jogging doudou, mais ne le trouve pas. Elle va dans la buanderie, pas de trace de son jogging gris non plus. Elle retourne dans la chambre et opte pour une des nouvelles chemises et un jean, ça fera l'affaire pour leur déjeuner à la maison. Ni trop sexy ni trop apprêtée, et quand même un peu chic. Le compromis idéal, Éric ne devrait pas lui faire de remarques.

– Ah, c'est mieux comme ça, viens sur mes genoux que je t'embrasse, ma magnifique. Tu sais que tu es ma magnifique, n'est-ce pas ?

Elsa baisse la tête. Elle a l'impression d'être une petite fille, un peu honteuse, qu'on pardonne après l'avoir punie. Elle perçoit de la panique dans la phrase d'Éric comme s'il craignait qu'elle lui échappe, alors qu'elle se sent engluée dans cette relation, même si elle en voit désormais les anomalies. Elle s'installe à sa place et se force à manger un peu.

– Alors, ma surprise te plaît ?

– Ta surprise ?

– Ben, ta nouvelle garde-robe. J'ai fait des achats à Paris et je me disais que ce serait l'occasion de faire un peu de rangement. C'est quand même mieux un dressing nickel où tout est à portée de main, non ?

– Euh… oui, merci, mais j'ai été un peu surprise quand même…

– C'est tout le principe d'une surprise…

– Oui…

– Je t'ai gâtée… D'ailleurs, ce soir on est invités à dîner chez Yvan, il veut me présenter sa nouvelle compagne, Camille. J'aimerais que tu portes une des nouvelles robes, et que tu laisses tes épaules nues. Tu sais à quel point j'adore tes épaules.

Elsa aurait préféré passer cette soirée au chaud. Elle se l'était imaginée devant leur nouvelle cheminée dans les bras d'Éric à se raconter leur enfance, comme au début de leur histoire, ou à regarder des séries télé comme deux adolescents. Ces moments de complicité lui manquent. Elle se sent de plus en plus seule dans son couple, de moins en moins naturelle, quelque chose s'est rompu, la crainte prend de plus en plus de place. Elle a du mal à lâcher prise. Le temps de l'insouciance et de la légèreté lui semble bien lointain, les folles nuits parisiennes également. Elle sait trop à quoi ressemblent les dîners avec Yvan et les notables locaux. Elle va devoir sourire toute la soirée, faire la belle, se montrer agréable, acquiescer à tous les commentaires vains sur l'actualité, écouter les hommes deviser, sourire encore et encore et bien sûr se taire. Jouer les potiches dans ce monde de faux-semblants où elle se sent déplacée. Elle aime le cinéma de Chabrol mais ne se serait jamais imaginée au générique de l'un de ses films, ou plutôt y faire de la figuration. La seule fois où elle a participé à la conversation, Éric le lui a reproché, prétextant que les femmes qui parlent trop ça fait mauvais genre. Depuis, elle a donc choisi de se taire et d'offrir des sourires feints mais néanmoins gracieux, car Éric aime qu'on dise de sa femme qu'elle est « charmante ». Elle a du mal à comprendre pourquoi Éric se contraint à ces dîners bourgeois, auxquels lui non plus n'a pas tout à fait sa place, si ce n'est pour le plaisir de briller en société. Elsa l'a remarqué, il a vraiment besoin de briller. Et pour cela, il doit mettre Elsa dans l'ombre.

La soirée se déroule sans aucune surprise, Yvan a invité deux autres couples. Camille, une très jeune et jolie juriste, s'est présentée, les hommes l'ont dévorée des yeux, sauf Éric qui ne regarde qu'Elsa et ses épaules nues. Puis les hommes ont parlé. Plus tard, Yvan met de la musique et invite Camille à danser. Éric le propose également à Elsa. Il se colle à elle et susurre :

– Tu es très belle, je suis tellement fier d'être accompagné d'une femme comme toi.

Elsa murmure un « merci » formel. Elle a la cruelle impression de n'être qu'une femme trophée.

Dans la voiture qui les ramène à la maison, elle reste silencieuse. Cela finit par agacer Éric.

– Qu'est-ce qu'il y a encore…

– Rien, je suis fatiguée…

– Ah oui, ça, j'avais remarqué, et je ne suis pas le seul, tout le monde a pu profiter de tes bâillements à table.

– Je suis désolée…

– C'était à la limite de l'impolitesse. Au fait, tu vas être contente : quand il est sorti fumer, Yvan m'a parlé d'un studio qui se libère à la fin du mois. Tu m'avais dit que ta jeune cousine anglaise cherchait quelque chose pour venir terminer ses études en France.

– Ah oui, ce serait vraiment super pour elle. Tu sais, je ne la connais pas bien, c'est une cousine éloignée, elle n'a pas toujours eu une vie facile, faudra l'aider aussi financièrement…

– On n'a qu'à lui demander de faire le ménage, on aurait bien besoin d'aide. Tu avoueras que tu n'es pas une fée du logis… La maison n'est pas, disons… impeccable.

– Euh, je n'aime pas trop le ménage, mais tu exagères un peu.

– Y a beaucoup de moutons sous les fauteuils et dans les coins, et le rangement, c'est pas ton truc non plus, tu ne sais pas faire… Moi, j'ai besoin d'une maison propre et bien rangée. J'avais du mal dans ton bordel à Paris.

Elsa encaisse.

– Encore une fois, c'est pour ton bien, ne fais donc pas cette tête. Et il s'agit de ta cousine. C'est bien, tu auras quelqu'un de ta famille pas loin.

Fin de la conversation. Une inconnue va s'installer chez eux. Elsa n'a pas voix au chapitre. Éric a décidé, comme toujours. Éric assène, comme toujours. Éric reproche et dénigre, comme toujours. Pendant qu'il rentre la voiture au garage, elle va sortir les poubelles. Ouvrant la benne à ordures, elle découvre, au fond, roulé en boule, son jogging gris. Défaillant, elle s'agrippe à la grille du portail.

Quand elle se retourne, elle aperçoit Éric sur le pas de la porte, triomphant, un rictus satisfait dessiné sur son visage froid.

*

* *

Il m'habillait, décidait de ma garde-robe, de ce que je devais porter, ne plus porter. J'étais devenue sa poupée. Docile, comme une poupée, hochant la tête, disant oui, sans conviction, ou se taisant. On a beau avoir du caractère, confronté à ce type de personnalité, il s'efface immédiatement, tant la manipulation est bien ficelée. La culpabilité, les quelques douceurs sporadiques sèment le doute. Le mug *beige dans lequel on boit chaque matin devient vert, parce que l'autre affirme sans cesse qu'il l'est. Le cerveau finit par enregistrer l'information et voir le* mug *de la couleur choisie par le manipulateur. Mes silences étaient interprétés comme des acquiescements ou des adhésions, mes silences exprimaient mon consentement à devenir sa chose. Et quand je parlais, c'était le plus souvent pour éviter les conflits, ou m'excuser d'une faute que je n'avais pas commise. Je finissais toujours par penser qu'il avait raison. Il était le plus grand comédien du monde. Le ton de sa voix variait en fonction de mes réactions. Il pouvait avoir les larmes aux yeux sur commande et le faisait pour m'attendrir et me faire croire que c'était moi qui lui faisais mal. D'ailleurs, les manipulateurs n'usent pas tant d'agressivité dans leurs paroles que de moquerie, afin de rabaisser l'autre. C'est leur force : mettre à terre calmement, avec des mots durs mais sur un ton presque enjôleur. C'est très malin, car quelqu'un d'agressif gratuitement, on le quitte, mais quelqu'un qui te tue verbalement sans cri sans heurt sème le doute en toi et fait penser qu'il a sûrement raison.*

J'étais dans un sacrifice total. J'aurais pu partir des dizaines de fois dès les premiers mois de notre mariage, mais je n'en ai pas eu le courage ou la force, je préférais une vie sous emprise que solitaire. Je me disais : je partirais pour aller où ? Rencontrer qui ? Faire quoi ? Partir, c'était aussi m'avouer mon échec. J'avais tellement misé sur cette histoire. Le soir où il a parlé de l'arrivée de ma cousine, il a évoqué la possibilité que nous ayons un enfant, mais cet enfant n'est jamais arrivé, comme si mon corps refusait d'engager quelqu'un d'autre dans cette relation toxique. Si mon esprit n'était pas prêt à stopper tout ça, mon corps, lui, mettait une barrière. Je m'accrochais à l'idée d'avoir un enfant avec lui. Et je me répétais que oui, on avait des problèmes, mais que la vie de couple est toujours compliquée, que tout était normal, que rien n'est jamais simple à cent pour cent. En réalité, c'était faux. Il n'est pas normal qu'un mari dénigre sa femme, lui balance régulièrement des réflexions sur son physique. Au départ, c'était sur ma manière de m'habiller, puis est venu le temps des critiques sur mon poids, trop maigre, osseuse, et quand je reprenais des kilos j'avais, selon lui la peau des bras qui pendait ou des « petites poignées d'amour qui tuent l'amour », comme il disait. Il avait affirmé qu'il m'apprendrait à me nourrir, que j'avais des problèmes d'anorexie-boulimie qu'il m'aiderait à soigner. Je n'ai jamais été anorexique-boulimique, je n'ai jamais souffert de troubles alimentaires, j'avais juste cette boule d'angoisse qui me quittait rarement et me coupait l'appétit. Je m'affamais, perdais confiance en moi. Et dès que j'en retrouvais un peu, il reprenait son œuvre de sape. Mes cheveux étaient trop secs, ma peau rêche. Au lit, le sexe devenait de plus en plus rude, de moins en moins plaisant. J'avais l'impression de passer mes nuits avec mon ennemi. Pendant l'acte, je fermais les yeux, il faisait ça vite et fort, mais s'est mis à me reprocher à moi mon manque de tendresse, d'élan ou d'initiative alors qu'il ne laissait aucune place à la tendresse ou à l'initiative. Aussi, je fermais les yeux, m'extrayais de mon corps et attendais que ça passe. Je renonçais au plaisir pourvu qu'il ait le sien et me laisse dormir ensuite. Il me réveillait en pleine nuit pour parler, pour se rassurer sur notre amour, il répétait en boucle que s'il me perdait il en crèverait, il me faisait culpabiliser, il me volait mon sommeil, j'errais au quotidien dans un état semi-léthargique. Je perdais mon souffle, je perdais le désir, je perdais l'inspiration. Je n'étais plus que l'ombre de moi-même. Une vie sans désir ne vaut pas la peine d'être vécue, et pourtant je ne faisais rien pour m'en sortir. Tous les complexes que je pouvais avoir avant s'étaient accentués. Quand je me regardais dans un miroir, je pleurais. Je ne m'aimais plus, je n'aimais plus mon corps, je détestais mon visage. On continuait à affirmer que j'étais une belle femme, mais moi, je ne voyais plus rien de beau en moi, je m'effaçais. Puis ma peau a commencé à me démanger, comme après un coup de soleil, je pelais même. Je prenais un certain plaisir à retirer les peaux mortes, comme des lambeaux de notre amour qui s'éteignaient à petit feu. Quand j'arrachais ces peaux, j'avais l'impression de me mettre en pièces, exactement comme les adolescentes lorsqu'elles se scarifient. Cet homme me mettait en pièces psychologiquement, et moi physiquement. Il était mon juge, et moi mon bourreau. Mon exécution se déroulait dans l'intimité. Mon procès se tenait au quotidien et sans témoin. De l'extérieur notre couple faisait des envieux. À Dinard, nous étions le couple du manoir avec vue. Tous ces gens devant lesquels je faisais bonne figure, que je saluais poliment, au marché, au restaurant, sur la plage, tous ces bourgeois pour lesquels j'étais la belle artiste parisienne qui avait choisi leur ville pour se ressourcer, je les détestais autant que je me détestais, je les détestais car ils étaient les complices et témoins inconscients de ma descente aux enfers, tout comme moi, ils ne voyaient pas qui était mon mari. Il les charmait, les envoûtait. Il était l'homme élégant, ambitieux, l'homme au large sourire. Il était cet homme carnassier prêt à bouffer le monde, mais surtout à sucer toute la sève et l'énergie de sa femme. Il était l'homme vampire. Il se repaissait de moi. Et moi j'y consentais.

8

La cousine

Elsa est fort joyeuse depuis l'arrivée de Carolyn à Dinard. La jeune femme est une vraie boule d'énergie, et elle a su prendre sa place dans le quotidien d'Elsa sans s'imposer. Carolyn est une fée du logis, elle a le sens de l'organisation, elle travaille vite et bien, ce qui lui laisse le temps de potasser ses cours. Elle prend le bateau deux fois par semaine pour Saint-Malo où elle prépare un BTS de commerce international. Elle adore cuisiner également, ce qui ravit Elsa et Éric. Quand elle vient faire le ménage deux fois par semaine, elle en profite pour faire des petits plats. La jolie rousse, presque bilingue, ponctue ses phrases de son rire charmant et communicatif. Très sportive, Carolyn entraîne Elsa dans des joggings quotidiens et de longues marches sur la plage. Les cousines apprennent à se connaître. Éric semble se satisfaire de cette complicité naissante entre les deux femmes. Il laisse plus de liberté à Elsa qui se sent moins oppressée et a retrouvé aussi le goût de la peinture. Noël approche et elle a presque achevé la série *Mains*. Le galeriste est venu voir l'avancée de son travail, et il l'a trouvé formidable et novateur, différent de ce qu'il expose d'habitude à Dinard – bien trop souvent des marines ou des paysages champêtres. Les premières semaines filent sans remarque désobligeante ni saute d'humeur d'Éric. Il est très tendre avec Elsa et redevient plus doux dans l'intimité. Il part une semaine en déplacement et laisse les deux femmes seules avec leurs fous rires. En son absence, elles s'amusent, passent des soirées à écouter la musique à fond et danser.

Ce soir Elsa s'est déguisée, elle a trouvé une robe moulante à strass dans une brocante à Saint-Malo où elle a passé la journée avec Carolyn, elle a un peu forcé sur le maquillage et enfilé des escarpins à talons aiguilles prêtés par sa nouvelle amie. Carolyn, elle, porte une combinaison dorée et des talons hauts également, la soirée est bien avancée. Elles écoutent du Britney Spears en boucle, Carolyn mime une séance d'effeuillage, Elsa danse lascivement. Elles ont tamisé les lumières, elles sont les reines de la nuit. Elsa a l'impression de redevenir étudiante. Elle se sent légère et insouciante, ça lui fait un bien fou. Elle chante à tue-tête, se déhanche, rit. Soudain la lumière se rallume, vive et criarde. Éric se tient dans l'entrée. À son regard méprisant et dur, Elsa comprend. La fête est finie. Fin de la trêve, les hostilités vont reprendre. Éric la fixe, instantanément elle se sent coupable, coupable d'avoir trop ri, d'avoir trop dansé, d'avoir été trop vivante. Elle pressent l'attaque, devine les remarques qu'elle va devoir encaisser dans l'intimité. Sans rien dire, pas même un bonsoir, il se retire dans sa chambre. Carolyn interroge Elsa du regard puis comprend qu'il faut éteindre la musique et ramasser les traces de la fête, verres à moitié vides, assiettes sur la table basse. Elsa propose de l'aider à débarrasser.

– Non, laisse… Mais que se passe-t-il ? On a fait quelque chose de mal ?

– Ne t'inquiète pas, tu n'y es pour rien, parfois Éric est comme ça…

– D'accord, alors va le retrouver, ne traîne pas. Je m'occupe de tout ranger et je rentre au studio.

La boule se reforme dans la gorge d'Elsa, balayant les bienfaits des dernières semaines joyeuses. Elle entre dans la chambre. Il est assis sur le lit, bras croisés et jambes étendues. Le regard glacial. Elle se sent fautive, mais ne sait pas vraiment de quoi. Elle sait qu'il va bientôt l'éclairer à coups de reproches. La salve ne se fait pas attendre, il tire. Elle baisse la tête pour mieux encaisser les coups.

– Eh ben… C'est pas beau à voir tout ça, non mais, regarde-toi, ma pauvre fille, avec ta robe trop courte, ton maquillage vulgaire, tes cheveux en bataille… Pfff, pitoyable spectacle…

– Mais Éric…

– Tais-toi ! Tu me dégoûtes, cette petite traînée a une mauvaise influence sur toi.

– Mais elle n'y est pour rien…

– Tais-toi, je t'ai dit. Maintenant, va retirer cette tenue, ça m'agresse les yeux, on dirait une pute ! Si tu crois que ça m'excite, tu te fous le doigt dans l'œil ! Je déteste la vulgarité !

Elsa s'enferme dans la salle de bains. Elle se regarde dans le miroir avec sa robe de soirée et son maquillage trop marqué. Éric a raison. Alors qu'elle se trouvait drôle et sexy il y a quelques heures, maintenant, sous cet éclairage un peu jaune et après quelques verres d'alcool et la fatigue de la danse, elle fait vraiment vieille femme vulgaire et ridicule. Carolyn est jeune, pas elle, Carolyn est belle, pas elle, Carolyn a la vie devant elle, pas elle. Elsa se met à pleurer, le mascara coule sur ses joues, elle l'étale sur sa peau, s'enlaidit. Éric a raison, elle devient une pauvre fille sale et vicieuse. Elle doit se laver. Dans la douche, elle continue de pleurer des sanglots muets. Depuis qu'elle est avec Éric, elle a appris à sangloter en silence. Elle sort de la salle de bains. Elle a passé une nuisette en coton. Éric a éteint la lumière. Elle se glisse dans le lit, évite de le toucher, espérant qu'il dort. Il prend la main d'Elsa, la ramène sur son ventre et murmure :

– Je t'aime, tu sais… et toi ?

Elle sait ce qu'elle doit répondre pour gagner le droit de dormir :

– Je t'aime, Éric.

Le lendemain, Éric attend Carolyn sur la jetée où la navette de Saint-Malo accoste. La jeune fille est étonnée de le trouver ici. Il lui tend un parapluie. Elle y voit un bon signe. Il lui propose d'aller boire un café au port, encore un bon signe, pense-t-elle. Ils s'installent au fond de la brasserie. Éric commande un thé pour lui, et un chocolat chaud pour elle. Carolyn se brûle la langue avec son chocolat, elle jure en anglais. Éric tarde à prendre la parole.

– Carolyn, je souhaitais te voir ici en tête à tête pour parler des sujets qui fâchent.

– Des sujets qui fâchent ?

– Tu sais très bien de quoi je parle… ne fais pas l'innocente.

– Je ne vois vraiment pas…

Éric sort de sa poche un bracelet en or et le pose sur la table.

– Et ça, ça ne te dit rien ?!

– C'est un bracelet d'Elsa…

– Tu peux me dire ce qu'il faisait dans ton tiroir ?…

– Mais… je ne comprends pas, je n'ai jamais touché aux bijoux d'Elsa.

– Tu es non seulement une voleuse mais une menteuse !

– Euh… Ce n'est pas moi qui ai déplacé ce bracelet, je te dis !

– Enfonce-toi encore plus, tu sous-entends que quelqu'un d'autre l'a fait à ta place, moi par exemple ?!

– Pfff… N'importe quoi.

Carolyn se met à sangloter. Éric lui prend alors la main, adopte un ton plus bienveillant et protecteur.

– Allez, ne pleure pas, je suis là, Elsa n'en saura rien, ça reste entre nous. Voilà ce qu'on va faire : je ne dis rien à Elsa, je ne dis rien à la police, je ne te renvoie pas, mais tu arrêtes de prendre du bon temps avec ma femme, compris ?

Carolyn attend le départ d'Éric, totalement déroutée par ses accusations injustifiées. Elle se sent piégée et manipulée. À quoi joue cet homme qui peut être aussi délicieux qu'exécrable ?

Les jours suivants sont tendus. Éric guette le moindre sourire qu'échangeraient les deux femmes, le moindre regard complice. Il craint qu'elles se liguent contre lui, qu'elles fassent front. Carolyn et Elsa font attention, elles ne sont plus naturelles, s'évitent même pendant un temps. Carolyn n'est plus conviée à la table du couple, elle rentre déjeuner chez elle. Depuis quelques jours, Éric poursuit moins Elsa, il la laisse tranquille à l'atelier. Il se concentre sur Carolyn. Dès qu'elle entre dans la maison, il est toujours derrière son dos, tour à tour charmant, louant ses tenues vestimentaires, l'efficacité de son travail, ou au contraire cassant et autoritaire, sans qu'elle comprenne pourquoi. Éric peut être très dur avec elle, il cherche à la prendre en faute, lui reproche de mal nettoyer la vaisselle. Il lui répète que leurs verres ne se mettent pas dans la machine, qu'il faut les laver délicatement à la main, sinon ils se fêlent, et c'est dangereux les verres fêlés. Un après-midi, alors qu'Elsa est partie marcher sur la plage à marée basse, il attrape Carolyn par le bras, lui montre un verre fêlé, le lui colle sous le nez et la menace presque.

– Tu veux qu'on se blesse, c'est ça ? Tu veux me faire du mal ou alors à ma femme ?!

– Non, Éric, je te jure que non…

– Alors, lave ces verres à la main, tu n'es pas idiote tout de même. Je sais que tu peux y mettre de la bonne volonté.

– OK…

Carolyn comprend qu'il lui fait payer sa proximité avec Elsa, aussi fait-elle le choix de s'éloigner d'elle, et passe de plus en plus de temps avec Éric. Plusieurs semaines s'écoulent. Elsa assiste sans se méfier au rapprochement de Carolyn et d'Éric. Elle les entend rire au salon quand elle travaille. Une fois, elle surprend Carolyn assise sur le bar de la cuisine, Éric la complimente en lui tenant la main.

– Tu es une vraie perle, Carolyn, heureusement que nous t'avons, Elsa et moi.

Puis, peu à peu, la bonne entente entre les trois se rééquilibre, Carolyn et Elsa peuvent à nouveau passer des moments ensemble, Éric les emmène en balade en voiture à Saint-Lunaire ou Saint-Cast-le-Guildo. La vie redevient plus douce à l'approche de l'anniversaire d'Éric. Pour ses quarante ans, il ne veut pas de grande fête, pas de sortie au restaurant, il souhaite juste dîner avec Elsa à la maison, mais Carolyn est évidemment la bienvenue à leur table. Elle n'aura pas à cuisiner, Éric a prévu un traiteur. Il a déjà tout prévu. Comme d'habitude. Elsa aurait aimé lui faire une surprise, peut-être un week-end dans un bel hôtel à Paris, trop longtemps qu'elle n'y est pas allée, ou à Rome. Oui, Rome à l'approche de l'hiver ce doit être merveilleux. Elle rêve d'un voyage.

La table est magnifique. Des bougies se consument sur des chandeliers en argent, Éric est assis en bout de table, les deux femmes face à face. Elles se sont apprêtées pour l'occasion.

Portant toutes deux la même robe bleu marine. Éric a exigé qu'elles soient vêtues de la même façon. Les conversations tournent autour de son enfance en Suisse, puis de son enfer en pension, de sa souffrance d'avoir été rejeté par sa mère, cette mère qu'il vénérait, petit, et qui l'a trahi en l'envoyant à l'internat loin d'elle et de sa sœur. Il s'estime mal aimé, c'est pourquoi « il a un besoin immense d'amour », dit-il en fixant Elsa. Heureusement, Elsa est là pour le sauver, il insiste : « Heureusement qu'Elsa est là pour me guérir de la froideur de ma mère. » Carolyn commence, à son tour, à se confier, elle n'a pas vécu une adolescence facile dans un quartier triste du nord de Liverpool. Elle raconte la pauvreté, le père violent qui part quand elle a huit ans à peine, la mère qui déprime, fait des ménages pour s'en sortir, et elle-même qui, à moins de douze ans, doit s'occuper de ses petits frères. Elsa, Éric et elle ont en commun d'avoir grandi sans père, ça les soude d'une certaine manière : tous trois sont des « sans-père ». À la fin du repas, Éric se dresse, ouvre la bouteille de champagne, lève son verre.

– Je porte un toast à Elsa, la femme de ma vie, sans laquelle je n'aurais pas de joie de vivre.

Puis il se tourne vers Carolyn.

– Je lève aussi mon verre à Carolyn, un vrai soleil au quotidien, tu mets de la lumière dans notre existence, à Elsa et moi, tu fais partie de la famille.

Éric dévore des yeux la jeune fille, Elsa remarque cette insistance, Carolyn baisse le regard, embarrassée.

– Pour mes quarante ans, je suis un homme comblé, j'ai la chance d'avoir deux beautés autour de moi, mes petites femmes.

Elsa se fige, c'est la première fois qu'elle réalise qu'Éric peut être attiré par d'autres femmes qu'elle, Carolyn sort de table brutalement.

– Ben, qu'est-ce qu'elle a, la petite, je lui ai fait un beau compliment, non ?

– Tu l'as sans doute gênée… « Mes petites femmes », Éric, tu te rends compte ? Carolyn est ma jeune cousine… Et moi ? Tu penses à moi, Éric ? « Mes petites femmes » !

– Oh, mais Elsa, la jalousie est un vilain défaut… Moi, je déteste les femmes jalouses.

Elsa sent la tension monter. Pour une fois, elle sort de ses gonds, ne peut s'empêcher de crier.

– Ah ça, c'est l'hôpital qui se fout de la charité ! Moi, je suis jalouse ? Mais c'est toi, le jaloux, toi, qui m'oppresses au quotidien, qui surveilles chacun de mes gestes, qui m'as coupée de ma famille, de mes amis, toi qui ne supportes pas que je me fasse jolie quand tu n'es pas avec moi, toi qui…

Éric se lève et tape du poing sur la table pour l'interrompre.

– Mais tu dis n'importe quoi, tout ça c'est dans ta tête. Ma pauvre, tu es complètement folle !

– C'est ça, je suis folle, mais c'est toi, qui me rends folle !

– Pfff, Elsa, regarde dans quel état tu te mets pour rien, ma pauvre Elsa, tu vois toujours le mauvais côté des choses, tu fais des montagnes pour un rien, je disais juste que Carolyn était belle, rien de plus, que je suis heureux de vivre avec toi et que ça se passe bien avec elle. Et toi, tu extrapoles ! Je suis désolé que tu le prennes comme ça, ma chérie. Maintenant si tu souhaites que je la vire parce que tu crains que je la séduise, je le fais sur-le-champ. C'est ça que tu veux mon amour ? Tu veux que je la vire ?

– Non, évidemment non. Elle n'y est pour rien.

– Mais personne n'y est pour rien, puisqu'il ne se passe rien, tu devrais plutôt t'interroger sur ta réaction disproportionnée.

Il sort de la pièce, laissant Elsa stupéfaite, elle sait sa colère légitime pourtant, encore une fois, elle doute d'elle. Il est vrai qu'elle y est allée un peu fort, Éric n'a jamais dragué de filles depuis qu'elle le connaît, et c'est la première fois qu'il dit trouver une autre femme séduisante. Elle doit se faire des idées. Non, Éric n'est pas un séducteur.

Là-dessus, il traverse le salon vêtu d'un grand manteau.

– J'étouffe ici, j'ai besoin de prendre l'air. Merci pour cet anniversaire gâché. Je me souviendrai de la scène que ma femme m'a faite pour mes quarante ans ! Je vais boire un coup chez Yvan, pas la peine de m'attendre cette nuit.

Elsa a mal partout, comme si elle s'était battue physiquement avec cet homme, elle sent son cœur se briser. Elle réalise que ce n'est pas juste une image, « le cœur brisé ». Elle a vraiment la sensation que quelque chose se rompt dans sa poitrine, se fissure. Elle se laisse glisser contre la paroi du mur froid de la cuisine, elle vit un grand effondrement intérieur. Elle se ramasse sur elle-même, genoux contre la poitrine, en boule, aucune larme ne s'échappe, son chagrin est sec. Elle n'entend pas Carolyn approcher. La jeune femme lui caresse les cheveux.

– Elsa, ça va aller… mais il faut que je te dise quelque chose… Éric nous manipule toutes les deux, il tente de nous monter l'une contre l'autre, mais il y a pire… Il m'a accusée de t'avoir volé un bijou, je crois que ton mari est un PN…

– Un quoi ?

– Un pervers narcissique…

– Ah non, hein, pas ce truc que toutes les femmes déçues en amour dégainent pour se victimiser…

– Ma meilleure amie a fait des études de psycho, et je l'ai appelée ce soir, pendant qu'il s'acharnait sur toi. Elle m'a dicté la liste des indices pour reconnaître les PN. Tiens, voilà mes notes… et regarde, Éric coche malheureusement pas mal de cases :

– ego démesuré ;

– besoin énorme d'attention ;

– fin séducteur ;

– manque d'empathie ;

– cherche à isoler son compagnon ou sa compagne ;

– dénigre les autres ;

– ment ;

– place constamment l'autre en position de faiblesse.

Elsa saisit la feuille et malgré les similitudes avec le comportement d'Éric, elle ne peut pas accepter l'évidence. Elle déchire violemment le papier, en voulant à Carolyn de pointer les défauts de son époux.

– Fous-moi la paix, Carolyn !

*

* *

La petite cousine est entrée dans nos vies. Avec elle, nous avons formé un trio infernal. Il avait autant d'emprise sur elle que sur moi, même si elle a été la première à voir clair dans son jeu et à y déceler une pathologie. Elle craignait mon mari autant qu'elle l'admirait. Après son arrivée, la tension est montée d'un cran et tout ce qui va avec : la peur, le secret, les messes basses... Mon mari ne supportait pas qu'on soit proches, elle et moi, il ne supportait pas qu'on se parle, qu'on s'amuse, qu'on vive notre belle entente sans lui. Il devait toujours être au centre de tout. Diriger l'une, puis l'autre, garder son autorité sur les deux. Puis il a tout fait pour nous éloigner l'une de l'autre, nous diviser. Forcément, avec deux cerveaux, on peut mieux comprendre certaines choses, avec deux cerveaux, on peut mieux déceler les anormalités, déchiffrer les comportements excessifs, discerner les situations étranges, dysfonctionnelles. Avec la jeune fille, il agissait exactement comme avec moi. On aurait dit qu'il avait le même mode opératoire pour toutes les femmes, par moments il prenait un malin plaisir à la démonter, l'injurier, la rabaisser. Elle a longtemps encaissé sans broncher, moi assistant à sa mise à mort, impuissante, tout comme j'ai longtemps encaissé sans broncher, elle assistant à ma mise à mort. Souvent, nous nous retrouvions seules toutes les deux, abasourdies, incapables de nous sortir de ce qui nous semblait inextricable. Un jour, elle en a eu assez, estimant que ça allait trop loin. Il la traitait de voleuse et de menteuse, et moi, je ne voulais pas la croire, bien qu'au plus profond de mon être, je savais qu'elle avait raison. Elle a été la première à oser mettre des mots sur le comportement de l'homme avec lequel je vivais. « PN », « pervers narcissique », pour moi ce n'était qu'un marronnier dont se repaissaient les magazines féminins. La première fois qu'elle a évoqué cette pathologie devant moi, je l'ai très mal pris, je ne lui ai pas parlé pendant plusieurs semaines, je l'évitais dans ma propre maison. Lui se satisfaisait de la situation, il avait gagné, la jeune fille et moi étions désormais ennemies. Toute cette période, il s'est défoulé sur elle, alors qu'il redevenait angélique avec moi. Elle me faisait pitié, mais au moins je retrouvais un peu mon homme.

C'était tout ce qui comptait pour moi. J'aspirais à le garder car je voulais à tout prix un enfant. Quand je faisais mon jogging sur la plage, je voyais tant de mamans avec leurs jeunes enfants. Avant, je n'avais pas souffert de ne pas être mère, mais depuis que j'étais mariée, je me sentais presque incomplète sans enfant. Quand je relevais quelque chose d'anormal dans le comportement de mon mari, je m'accrochais à l'image un peu clichée de nous deux faisant des châteaux de sable avec notre petit garçon aux boucles blondes. Cela valait bien que cette fille soit le souffre-douleur de mon homme. Pourvu que mon couple aille mieux ! C'était absolument égoïste, j'en conviens. Ce monstre avait fait de moi une créature lâche et aveugle. Un soir, la jeune fille est revenue à la charge avec son histoire de perversion narcissique. Je préparais le dîner. Elle a insisté pour m'aider à couper les légumes tandis qu'il prenait sa douche après sa séance de sport avec son ami, agent immobilier. Elle m'a parlé à voix basse, craignant qu'il surgisse brusquement, comme au temps où il voulait surprendre notre complicité. Elle avait fait des recherches sur les pervers narcissiques, s'était rendue sur le site d'une association de défense des victimes, y avait récolté des dizaines de témoignages qui ressemblaient cruellement à ce que nous vivions auprès de mon mari. Elle disait « nous » car elle s'incluait dans mon histoire. Je lui ai rétorqué que je ne voulais rien entendre. Elle a lu malgré tout :

« Je croyais avoir trouvé l'âme sœur. Je me sentais unique pour lui. Il m'a courtisée comme aucun autre, en occupant tout mon espace, avec des dizaines d'appels et de SMS par jour, ou des fleurs. J'ai pris son empressement pour le grand amour. En fait, il me voulait comme un prédateur veut le gibier qu'il prend en chasse. J'avais confiance, et je n'ai pas vu ce qu'il installait progressivement. »

« Régulièrement, il soupirait : "Tu as bien changé…" J'ai commencé à vivre avec la peur qu'il me quitte, je scrutais ses réactions et j'en suis venue à lui promettre : "Je vais m'améliorer, je vais redevenir comme avant, donne-moi une chance." Ses griefs se sont étendus à ma famille, "qui me faisait stagner", à mes amis, "envieux de ma vie avec lui et de sa réussite". J'ai pris de la distance avec eux.

« L'une de ses spécialités était aussi de porter un regard réprobateur sur ma tenue ou mon allure, à l'instant même où nous arrivions quelque part et qu'il ne m'était plus possible de me changer. Résultat : je me minais à essayer de trouver la faute de goût et j'étais mal à l'aise au milieu des gens, ce qu'il me reprochait : "Tu as vu ta tête ? Tu pourrais faire un effort et sourire, tu n'es jamais contente." »

« Constamment prise en défaut et dénigrée, je me suis recroquevillée, je n'avais plus de points de vue, ou plutôt je soupesais ce qu'il était préférable de penser pour lui plaire. À mes yeux, si je le perdais, aucun homme ne voudrait de moi. Je souffrais à cause de lui tout en ayant besoin de lui, aussi je me suis accrochée à l'idée qu'aimer, c'est prendre le risque de souffrir. » **Céline, quarante-sept ans.**

Elle a continué comme ça jusqu'à ce qu'on n'entende plus l'eau couler dans la salle de bains, et chaque mot me percutait, chaque phrase martelée m'amenait à me rendre à l'évidence : j'avais épousé un pervers narcissique. Le lendemain, je me suis enfermée dans mon atelier pour regarder un documentaire sur le sujet, intitulé Amour sous emprise : partir ou mourir *dans lequel trois femmes et un homme parlent. Ils ont le cran de raconter ce qui généralement est tu, enseveli sous la honte : les années noires auprès d'un « PN ». Trente ans d'aliénation pour l'une d'elles, que ses filles traitent aujourd'hui encore de menteuse, ajoutant le désespoir aux regrets.*

Pour moi, ce fut un électrochoc. Je vivais à cette époque, à moindre échelle, la même chose que ces personnes. Mais je pensais encore pouvoir le guérir, je pensais pouvoir le sauver, encore une fois je ne pensais pas à moi. À ce stade de notre histoire, il était impensable pour moi de partir. Car si j'avais de plus en plus de mal à démêler mes sentiments ambivalents pour lui, je pensais encore pouvoir l'aimer. C'était un leurre. Je sortais peu à peu du déni, mais n'étais pas encore prête à faire le grand saut dans la vie après lui.

9

Joyeux Noël

Elsa sort de la voiture, elle pose le pied dans la neige, elle déteste la neige. Elle ne sait pas pourquoi, ça lui colle des migraines. La montagne est belle, il est vrai, mais avec le ciel bas, la grisaille et le froid, elle a du mal à trouver le paysage à son goût. Pendant tout le trajet, elle a essayé de faire bonne figure, acquiesçant à tout ce que disait Éric. Elle est triste, profondément triste, pour la première fois elle va passer Noël ailleurs qu'à Châteauroux. Éric ne lui a pas laissé le choix : « Noël, c'est sacré, c'est chez ma mère, dans son chalet en Suisse. N'insiste pas ma chérie. » Elle n'a pas pu argumenter. Éric décide, Elsa dispose. François, son frère, est définitivement fâché avec elle. Sa mère a bredouillé au téléphone un « fais comme tu veux, ma fille », avant de raccrocher. Elsa espère que la surprise qu'elle leur a envoyée leur fera plaisir. L'année prochaine, elle ne les abandonnera pas pour les fêtes, et d'ici là, la famille se sera peut-être agrandie d'un petit bout de chou. Elsa a arrêté la contraception, Éric est d'accord, il veut bien un enfant avec elle. Ça, c'est une preuve d'amour, alors elle s'accroche à cette belle nouvelle, et quand il la malmène, elle pense à la maternité, et ça lui met du baume au cœur.

Éliane et Julie sont devant le chalet pour les accueillir chaleureusement. Elsa ne les a pas revues depuis le mariage.

– Bonjour Elsa, bienvenue chez nous, tu es vraiment ici chez toi.

– Merci, Julie.

– Julie, laisse un peu respirer ma femme, veux-tu, elle a mal à la tête. La route, certainement…

– Moi, je connais un remède, allez, rentrez au chaud Elsa, annonce Éliane.

Elle lui fait visiter le grand chalet. Un vaste salon aux fauteuils en velours bleu-gris, organisés autour d'un magnifique poêle, une cuisine moderne en pin massif, une chambre au rez-de-chaussée, celle d'Éliane, et deux autres à l'étage avec balcon donnant sur les sommets. Éliane propose au couple de prendre la suite parentale, avec en prime une baignoire jacuzzi.

– Voilà le remède à tous vos maux, Elsa. Détendez-vous dans les bulles. Vous voulez que je vous monte un chocolat chaud, en prime ?

– Oh, merci, Éliane, mais je ne veux pas abuser…

– Laisse-toi chouchouter, mon amour. Tu vois, tu es quand même mieux ici qu'à Châteauroux !

Éric embrasse Elsa sur le front, et force un rire condescendant. Il va poser leurs valises dans la chambre et descend avec sa mère au salon.

Elsa se glisse dans l'eau chaude, le bain à remous l'enveloppe immédiatement de bien-être. Une musique classique s'est automatiquement enclenchée, le séjour va bien se passer, nul doute. Elle pense tout de même à sa famille, ses proches lui manquent mais désormais sa famille, c'est Éric, il le lui répète en boucle, elle a fini par l'intégrer. Elle ferme les yeux, touche son ventre, essaie de se relier à son corps, elle imagine ce même ventre un an plus tard, transformé par la grossesse, et Éric y déposant un baiser en disant « c'est notre fille ». Elle s'y voit déjà. Elle se projette dans un bonheur simple et tendre, mais elle sait au fond d'elle-même que cela est illusoire. Tout est si fragile, une remarque désobligeante, un regard dur, un signe de jalousie d'Éric suffit à ébranler cet équilibre précaire. Elle entend les rires d'Éliane et Julie, ces deux femmes lui plaisent vraiment. Elle sort du bain, et s'apprête pour le dîner, Éric ne tolérera pas une tenue trop décontractée, pourtant le cadre y est propice. Il a déjà tout prévu, lui a déposé sur le lit une robe longue en mohair noir et dorée. Elle l'enfile, l'accorde avec un bandeau or et met du mascara. Les odeurs de cuisine montent à elle, réveillent son appétit, elle se nourrit mieux depuis quelques semaines. La cuisine de Carolyn lui convient. Celle-ci est rentrée en Angleterre pour les fêtes. Cet éloignement était nécessaire. Carolyn est devenue agressive avec elle depuis quelque temps, elle lui en veut de ne pas abonder dans son sens au sujet d'Éric. Lui accuse Carolyn d'être jalouse et d'inventer n'importe quoi pour semer la pagaille dans leur couple, il ajoute qu'elle tente souvent de l'aguicher. Et quand Elsa lui dit qu'elle ne s'en rend pas compte, il répond que Carolyn agit dernière son dos, qu'elle minaude, et même qu'une fois elle l'a attiré dans la buanderie et a tenté de l'embrasser.

La jeune fille a nié, évidemment, mettant cela sur le compte de la « pathologie de ce dingue ». Au retour des vacances, il faudra régler ce problème, trouver une solution, faire en sorte que les choses redeviennent comme avant.

– Ah, voilà notre beauté…

– C'est vrai qu'elle est belle ta femme, Éric.

– Pas touche hein, petite sœur… Ah oui, Elsa, je t'ai pas dit, mais Julie aime les filles désormais.

– Je n'aime pas les filles, j'ai rencontré une fille, ce n'est pas la même chose.

– Ben, tu es lesbienne, c'est tout.

– Non, c'est pas ça, le désir féminin est beaucoup plus fluide qu'il n'y paraît, je pense. Voilà, je ressens un fort désir pour Anastasia, Anastasia n'est pas lesbienne non plus, on a envie de vivre un truc ensemble, je ne veux pas passer à côté de ça.

– Ouais, je trouve ça étrange, et puis c'est un peu la mode en ce moment… Toutes ces femmes qui quittent leur mec pour se mettre avec une femme, moi, ça me dépasse !

– Ça te fait peur surtout, cher frère…

– Ah non, moi, ça ne risque pas de m'arriver, n'est-ce pas, Elsa ?

– Je n'ai d'yeux que pour toi…

– Pourvu que ça dure, mon frère !

– Mais arrête, Julie, de provoquer ton frère, ces deux-là filent le parfait amour, ça se voit. Leur couple, c'est du solide.

– D'ailleurs, on a une bonne nouvelle à vous annoncer…

– Ah, je vais être grand-mère !

Elsa est estomaquée, Éric va encore une fois trop vite en besogne.

Elle n'arrive pas à contredire Éliane, Éric, lui, rectifie :

– Non, pas encore, mais on y travaille. Hein, Elsa, on n'arrête pas en ce moment !

Gênée, Elsa manque de s'étouffer avec un morceau de viande.

– Oups, notre Elsa est pudique, changeons de sujet. Demain, on se fait notre traditionnelle balade en ski de fond, ça va nous faire un bien fou avant le réveillon.

Elsa appréhende cette promenade. Elle n'a chaussé des skis que deux fois à l'adolescence et elle n'en garde pas un très bon souvenir. Et le futur bébé est devenu d'un coup sujet de stress, dissipant le plaisir. Éliane lui propose de boire une tisane avec elle dans la cuisine pendant qu'Éric et Julie vont rendre visite à un cousin dans son chalet, à une dizaine de kilomètres. Elsa se sent en confiance avec sa belle-mère, sans vraiment la connaître pourtant. Éliane sort un cigare d'un étui et en propose un à Elsa qui refuse.

– Je fume comme un homme, je sais ce n'est pas très bon pour la santé, mais faut bien crever de quelque chose…

– Oui, mais pas trop vite quand même.

– Elsa… je sais que tout n'est pas rose avec mon fils. J'imagine ce qu'il vous fait vivre au quotidien, il n'est pas toujours facile.

– Mais… tout va bien, Éliane, je vous assure.

– Je n'en suis pas si sûre… Moi, il m'a toujours terrorisée, ce gamin. C'était un enfant tyrannique, possessif, menteur, mais tellement beau et intelligent qu'il manipulait tout son monde. On ne pouvait rien lui refuser, il séduisait même ses institutrices. Et quand on lui résistait, il entrait dans des colères effroyables. Je l'ai envoyé à l'internat parce qu'il devenait infernal avec moi et odieux avec sa sœur. Mais bon, faut pas lui en vouloir, il n'a pas eu de père, et ça l'a beaucoup fait souffrir. Vous savez, vous aussi, ce que c'est de ne pas avoir de père. Alors, quand il est dur avec vous, soyez forte, tenez bon, ça finit toujours par passer, et puis, touchons du bois, Noël prochain vous nous présenterez votre bébé, c'est beau ça, n'est-ce pas ?

Elsa se demande pourquoi Éliane tente à ce point à se rassurer sur ses intentions, comme si elle craignait qu'elle abandonne Éric. La porte du chalet s'ouvre, les rires d'Éric et de Julie interrompent les confidences d'Éliane qui se renfrogne et s'éloigne d'Elsa. Éric entre dans la cuisine pour prendre une bière et reste à observer les deux femmes de son regard froid. Elsa anticipe la bordée de reproches, elle a appris à reconnaître ce regard et sait ce qui s'ensuit.

– Maman, t'as raconté des horreurs sur moi, petit garçon, c'est ça ? Tu ne peux pas t'en empêcher, mère indigne !

– Mon pauvre garçon, c'est tout le contraire, tout le contraire, et puis, tu n'es pas le centre du monde.

– Pour Elsa si, n'est-ce pas, Elsa, que je suis le centre de ton monde ?

Elsa le suit sans broncher. Arrivée en haut de l'escalier, il lui saisit le poignet et lance :

– Tu dois toujours prendre ma défense devant ma mère, elle veut me détruire, les mères autoritaires veulent toujours détruire les fils qui leur résistent.

– Calme-toi, Éric, tout va bien, on a passé une belle soirée, calme-toi.

– Ne me parle pas comme elle, tu n'es pas ma mère, OK ?

Il resserre sa prise sur son poignet.

– Tu me fais mal, Éric, je veux juste qu'on aille se coucher maintenant.

La voix d'Elsa chevrote, elle est au bord des larmes.

– Ah non, hein, tu ne vas pas te mettre à chialer. Demain, c'est Noël, et tu sais que je ne supporte pas les drames.

Une fois encore, Éric renverse la situation, c'est lui qui a déclenché les hostilités, et Elsa qui essuie les remontrances.

– Pardon, mon chéri. Tu as raison, tu as toujours raison.

Elsa n'a pas la force de supporter une nouvelle scène. Aussi, elle temporise, comme toujours. Elle s'endort avec dans l'oreille la voix d'Éric répétant « demain, c'est Noël ».

Elsa est épuisée, elle sent l'humidité qui remonte de ses pieds jusqu'à la tête. Éric, Julie et Éliane, encore en pleine forme à son âge, sont loin devant, on dirait qu'ils ont fait du ski de fond toute leur vie. La promenade s'éternise, Elsa n'arrive pas à profiter du grand air et du panorama, la neige est lourde, ses maux de tête la reprennent, elle ne rêve que d'une chose : se baigner dans le jacuzzi avec un verre de whisky ou un chocolat chaud. Elle sauterait bien le dîner de Noël pour se blottir sous la couette, appeler François et papoter des heures avec lui. Au lieu de ça, elle avance péniblement dans le manteau neigeux, les pieds de plus en plus gelés dans des skis trop justes, la douleur devient lancinante. Elle crie à Éric de ralentir, il se retourne, affichant un sourire moqueur, presque sadique. Il semble prendre du plaisir à la voir en difficulté. Julie, plus charitable, vient à sa rescousse.

– Ça va, Elsa ?

– Non, je n'en peux plus. C'est pas mon truc, le ski, la montagne, tout ça…

Elle est sur le point de craquer.

– Mais pourquoi tu l'as pas dit plus tôt, on aurait écourté le parcours.

– Je sais pas, je voulais pas être un boulet, et puis Éric…

– Quoi, Éric ?

– Je ne voulais pas le décevoir.

– Ah non, sur toi aussi il exerce son pouvoir ? Et moi qui pensais qu'il avait enfin trouvé l'âme sœur parce que tu lui tenais tête, faut pas t'écraser, tu sais… Il se prend pour un roi depuis qu'il est tout petit. Bon, assieds-toi sur ce tronc d'arbre, on se pose un peu. Ensuite, on fera demi-tour, et on rentrera à ton rythme, d'accord ?

– Oui, merci Julie.

La neige s'épaissit encore. Julie fait signe à Éric et Éliane qui finissent par les rejoindre. Éric a l'air agacé.

– Ben alors, Elsa, on faiblit ?

– Elle n'y arrive pas, Éric, faut qu'elle se repose un peu, elle peut pas aller jusqu'au bout.

– Et elle a perdu sa langue ? C'est pas une gamine ! Hein Elsa, que t'as une langue…

– J'ai mal aux pieds, mes jambes ne peuvent plus me porter et je suis congelée, mais continuez si vous voulez, je vais rester un peu là, et je rentrerai au chalet à mon rythme, t'en fais pas pour moi…

– T'en fais pas pour moi, t'en fais pas pour moi ! Je passe pour quoi, moi, si je te laisse rentrer seule ? Et s'il t'arrive quelque chose, on dira que c'est ma faute.

– Mon frère, tu ramènes tout à toi, elle est crevée, je vais rester avec elle, toi, continue avec maman et on se retrouve au chalet en fin d'après-midi pour préparer le réveillon.

– OK, mais laissez-moi deux minutes avec ma femme.

Julie et Éliane s'éloignent, Julie garde un œil sur le couple, elle craint une scène d'Éric à laquelle Elsa ne pourra rien répliquer tant elle semble affaiblie.

– Bon, t'es contente ? T'as vraiment décidé de me pourrir la vie ?

– Éric, je… je suis désolée, je peux plus avancer, j'ai vraiment mal partout…

– Mais t'es faite en sucre ou quoi ?

– T'es dur, là, je ne le fais pas exprès, crois-moi !

– Mais serre les dents, bon sang, tu me fais honte, là. Maman n'aime pas les gens faibles. Je te croyais plus forte, moi, je croyais que t'étais une battante, pas une pleurnicharde. Je déteste les pleurnichardes et depuis qu'on est ici tu ne fais que geindre ! Bordel, ressaisis-toi, Elsa ! Alors oui, tu vas rentrer avec ma sœur, tu vas réfléchir à tout ça, et ce soir t'as intérêt à redevenir Elsa la magnifique, parce que là, tu ne ressembles à rien avec ton nez rouge et tes lèvres gercées !

Il laisse Elsa tremblante et honteuse sur son tronc d'arbre. Elle se sent ridicule, n'aspire qu'à disparaître sous terre, à se faire toute petite, sortir de ce cauchemar. À cet instant, elle déteste la montagne, elle déteste la neige, elle déteste Noël, et plus que tout elle se déteste elle-même. Julie l'aide à se relever et, doucement, elles retournent vers le chalet, Elsa tentant de faire abstraction de la douleur, de la neige mouillant ses joues et brouillant sa vue, et de la blessure qu'Éric lui a infligée par ses paroles.

Éric aide sa mère et sa sœur à s'activer en cuisine, il est de bonne humeur, il raconte des blagues, personne ne fait allusion à l'incident de l'après-midi. Elsa descend enfin. Elle a passé la fin de la journée à se réchauffer près du poêle, puis dans un bain dans lequel Julie a versé des huiles essentielles pour détendre ses muscles. Elle a téléphoné à sa mère et François. Ils ont bien reçu les cadeaux. Un foulard en soie pour sa mère qui collectionne foulards et étoles, et pour François un albizia bonsaï, ces arbres aux adorables plumeaux roses parfois appelés arbres à soie, dont raffole son frère. Elsa et François ont un rituel : chaque fois qu'ils repèrent l'un de ces arbres, ils en prennent une photo et se l'envoient. Elsa a perdu cette habitude, il faudra corriger ça. Elle a promis à sa mère et son frère de passer le réveillon du nouvel an avec eux, qu'Éric l'accompagne ou pas. Quand elle a entendu ses pas dans l'escalier, elle a vite raccroché, comme une petite fille craignant d'être surprise en flagrant délit de bêtise. Il est entré dans la chambre, lui a déposé un baiser sur le front et s'est permis une nouvelle réflexion : « Tu ne devrais pas faire des cadeaux à ces gens-là, est-ce qu'ils t'en font eux ? » Elsa n'a rien répondu. Elle s'est enfermée dans la salle de bains pour se préparer à la soirée. Si ses proches ne lui ont pas fait de cadeau cette année, c'est uniquement sa faute, puisqu'elle les a ignorés.

Éliane sort le chapon du four, Éric s'exclame lorsqu'il découvre Elsa dans une robe en velours noir très près du corps.

– Ah, voilà la plus belle ! N'est-ce pas qu'elle est magnifique, ma femme ? Prends-en de la graine, ma sœur !

– Oui, elle est belle, mais attention de ne pas la faire fuir, à force d'être difficile avec elle.

– Il n'y a pas de problèmes entre nous, hein ma magnifique ?

– Non, tout va bien.

Elsa embrasse son mari sur la joue. Il lui tend une coupe de champagne pour qu'elle trinque avec lui.

– Alors joyeux Noël, ma chérie, joyeux Noël à toutes !

*

* *

À Noël et aux anniversaires, il me fixait un budget limité. J'étais obligée d'offrir des cadeaux à mes proches en cachette, comme ma grand-mère quand mon frère et moi étions petits et que notre mère lui reprochait de trop nous gâter. Il ne supportait pas que je dépense de l'argent pour ma famille. Il était le seul digne de recevoir des cadeaux de ma part. Dès les prémices de notre relation, il m'a passé des commandes pour son anniversaire et pour les fêtes, comme un enfant dresse sa liste au père Noël. Au début, c'étaient de petits présents, ensuite il est devenu de plus en plus exigeant et gourmand, montres de valeur, vêtements de marque, belles bouteilles d'alcool. Je puisais dans mes économies pour le combler. Son comportement était infantile, il disait que son ex lui faisait de plus beaux cadeaux, qu'elle ne regardait pas à la dépense, elle. C'est ainsi que je finissais par penser que j'étais mauvaise, un peu chiche, voire pingre. Aussi, je cédais à tous ses caprices, au départ parce que je l'aimais, plus tard pour qu'il me fiche la paix.

J'ai souffert ce Noël d'être loin de ma famille, c'était la première fois que je dérogeais à la tradition de Noël à Châteauroux. Heureusement que je m'entendais bien avec sa sœur et sa mère, j'avais une très belle relation avec ma belle-mère ; elle répétait qu'elle avait une chance inouïe d'avoir une belle-fille comme moi. Souvent, il la faisait pleurer, était très dur avec elle, la rabaissant, lui reprochant sans cesse de s'être « débarrassée » de lui quand il était au collège, lui préférant sa sœur. Il terrorisait ses proches, et cependant par son charme et son art de la manipulation, il arrivait toujours à se les remettre dans la poche. Sa mère affirmait qu'il me fallait être forte, tenir bon, comme si la réussite de notre couple pouvait le sauver, lui, et par conséquence vertueuse leur famille.

Durant ce séjour, j'ai souffert psychologiquement et dans mon corps, il m'a imposé son rythme, être tout le temps en mouvement, le ski, les promenades dans la neige, il savait que ce n'était pas mon élément et pourtant il n'a rien fait pour adoucir les choses, à ses yeux j'étais une chochotte, une trouillarde, je le décevais. Alors je m'en voulais, je me sentais nulle, pas à la hauteur. Il avait raison. Le nombre de fois que je me répétais qu'il avait raison, ça devenait absurde. Même quand je m'isolais pour me détendre et prendre un bain, je me sentais en faute. C'était mon seul vrai plaisir durant ce séjour, me glisser dans l'eau mousseuse et chaude, déguster un chocolat chaud, écouter de la musique classique et m'abstraire du monde autour. Lui, ça le rendait fou, il disait que les bains ça ramollissait la peau, que c'était du gaspillage d'eau. En fait, il ne supportait pas que je lui échappe et surtout que je pense à moi, à mon bien-être, que je m'occupe de moi. Je n'avais pas le droit au plaisir en son absence. Il craignait certainement que dans ces moments-là je réfléchisse et analyse la situation et que je prenne conscience que ces agissements n'étaient pas normaux. Aujourd'hui, il m'arrive encore de demander à mon nouvel amoureux la permission de prendre un bain. Ça lui paraît dingue, mais c'est plus fort que moi, c'est imprimé en moi. Je suis encore marquée, les blessures sont profondes et certaines habitudes encore là.

Je n'ai évidemment pas pu me rendre à Châteauroux pour le nouvel an, car mon cadeau de Noël était un séjour de trois jours à Venise, je ne pouvais pas refuser Venise. Le voyage a été joyeux jusqu'à ce qu'il prétexte avoir perdu sa carte bleue, et que je doive donc tout payer. J'ai découvert plusieurs mois après qu'il n'avait jamais égaré sa carte. Il me mentait et me volait.

Par la suite, j'ai découvert aussi qu'il achetait tout avec l'argent de mon compte, il utilisait allègrement la carte de la société que j'avais montée pour mes œuvres. Il avait d'ailleurs insisté quand il était devenu mon « agent » pour en avoir la moitié des parts. Ainsi, il vivait au quotidien sur ce compte. J'étais une proie bien ciblée, le but étant d'acquérir à la fois pouvoir et argent. J'étais trop accaparée par mon art, par mon quotidien lourd. J'avais accepté l'idée qu'il aimait l'argent mais ce n'était pas si grave. Il était mon mari après tout, ma priorité était de retrouver un quotidien serein dans notre couple, le matériel et l'argent, ce n'était pas important à mes yeux. Naïve que j'étais, je me laissais faire.

Au retour de Venise, il a commencé à me culpabiliser sur un nouveau sujet : la maternité. Nous n'arrivions pas à concevoir d'enfant, ça ne marchait pas, très vite il m'a désignée coupable. À aucun moment, il ne s'est imaginé que le problème pouvait venir de lui. Il disait que je lui faisais honte, que toute sa famille souffrait par ma faute, sa mère n'était pas éternelle, elle n'attendait qu'une chose :

être grand-mère. J'étais donc la seule et unique responsable du bonheur et du malheur de sa famille. Moi, je n'arrivais plus à croire au bonheur, alors je pense qu'inconsciemment mon corps se refusait à accueillir la vie. J'étais bloquée sur tous les plans, gagnée peu à peu par l'anéantissement.

Jusqu'où est-on capable de s'enfoncer quand on vit sous emprise ? J'ai aujourd'hui une partie de la réponse. En me laissant capturer par la pathologie de cet homme, j'ai déclaré la guerre à la femme que j'étais, aujourd'hui j'ai une certitude : j'aurais dû choisir l'amour de soi, pas la guerre.

10

Stupeur et trahisons

La rose est affichée à côté d'un prénom féminin : Sylvia. Elsa a la main qui tremble. Elle fait défiler la brève conversation. La jeune femme demande à Éric de venir la retrouver à Paris. « Ça fait trop longtemps », dit-elle. Trop longtemps que quoi ? Éric répond qu'il va voir ce qu'il peut faire, que c'est compliqué en ce moment avec « elle », qu'il va falloir être encore un peu patients. Elsa tombe des nues. Elle sait qu'Éric fouille dans son téléphone, ses papiers, son ordinateur, il a accès à toutes ses données personnelles depuis des semaines, depuis qu'il s'est autoproclamé son agent. Quand il l'autorise à prendre un bain, seul et unique moment de lâcher-prise pour Elsa, il entre dans la pièce de peur qu'elle échange par

SMS avec quelqu'un ; sa jalousie est devenue abusive, il contrôle ses fait et gestes, elle étouffe mais encaisse, se réfugie dans la peinture et les grandes balades sur la plage, avec toujours cette angoisse d'être suivie. Elle sait qu'il épluche, dissèque ses documents personnels, y cherche la petite bête, la preuve qu'elle a un amant ou juste des amis qu'il ne connaîtrait pas. Il l'isole du monde, elle n'ose même plus téléphoner à sa famille. De toute façon, chaque discussion avec François ou sa mère est désormais pénible, car ils critiquent le comportement d'Éric et qu'Elsa se mure dans un silence résigné. Elle ne défend plus son mari, elle se tait. Ce mari qui s'immisce dans sa vie et ses affaires, ce même mari qui lui cache des choses. Elsa n'aurait jamais pensé en arriver à faire comme lui, à l'espionner. Et voilà qu'elle a osé lui rendre la pareille, fouiller dans son téléphone.

C'est Carolyn qui lui a mis la puce à l'oreille et a éveillé ses soupçons. Ces derniers temps, la jeune fille a beaucoup observé Éric. Elle a noté que son téléphone vibre de plus en plus souvent, qu'il s'isole dans le jardin pour parler, qu'il se cache même dans le garage. Elle a même pu surprendre une conversation alors qu'elle rangeait du bois dans la remise, il était question d'un voyage, d'un dîner, d'une nuit dans un bel hôtel. Carolyn est certaine qu'il a une aventure, qui dure depuis des semaines. Au début, elle a gardé ça pour elle, puis ne l'a plus supporté. Elle est allée en parler à Elsa, par « solidarité », a-t-elle affirmé. Elsa n'a d'abord pas voulu la croire, se demandant pourtant pourquoi la jeune fille inventerait pareille histoire. Puis elle s'est mise à son tour à épier son mari. Et en effet, elle a très vite senti qu'il lui cachait quelque chose. Ce matin, elle a donc profité qu'il soit allé faire son jogging sans son téléphone pour en avoir le cœur net.

L'apparition de cette rose associée à un prénom féminin sur le portable d'Éric provoque en Elsa un véritable électrochoc. Éric la trompe. Non seulement il n'en finit plus de l'humilier verbalement, de critiquer ses tenues, ses décisions, ses prises de parole en public, de la réprimander pour avoir laissé traîner une chemise sur le lit, de lui reprocher son poids fluctuant, ses cheveux « mal démêlés », son corps qui bouge trop la nuit, son rire tantôt « trop fort », tantôt « niais » – la liste des récriminations s'allonge sans cesse –, mais en plus il la trompe et lui ment. Cette fois, elle est décidée à ne pas laisser passer, cette fois elle aura le courage de l'affronter, de le confronter à la réalité, de l'y acculer même. Il est temps de sortir de l'aveuglement. Déterminée, elle l'attend, assise sur le canapé blanc face à la cheminée. Elle déteste ce canapé blanc. Quand elle s'assoit dessus, pensant à l'obsession d'Éric pour la propreté, elle craint de l'abîmer, de le tacher. Toute la matinée, elle attend Éric, froidement. Rien d'autre. Après le choc de la découverte des derniers SMS envoyés à cette Sylvia dont le prénom est lié à une rose, elle n'a pas eu envie de remonter plus loin le fil de leurs échanges, c'est inutile, elle a compris. Elle a eu mal, mais n'a même pas essuyé une seule larme. Sa blessure est tellement enfouie qu'elle n'arrive plus à ressentir de douleur, elle est glacée à l'intérieur. D'ailleurs, elle a froid malgré les chaleureux rayons de soleil du printemps. Assise en tailleur, elle s'enroule dans un plaid en mohair lilas. Éric arrive, trempé de sueur.

– Dis donc, j'ai bien couru ce matin, et c'était magnifique, la mer est toute bleue et mousseuse aujourd'hui.

– Super…

– Pourquoi tu emploies ce ton ironique ?

– J'emploie un ton ironique, moi ?

– Ah, tu as donc décidé de me chercher des noises ce matin, pas envie de ça, je vais prendre une douche.

– C'est ça, fuis la confrontation…

– Mais qu'est-ce que tu as ? Et pourquoi tu restes là, dans cette couverture, alors qu'il fait doux dehors, on dirait une petite vieille toute rabougrie…

Elsa encaisse l'injure sans broncher puis sort de sa poche le téléphone d'Éric.

– Tu avais oublié quelque chose ce matin…

– Ah, merci…

– Éric, je sais tout.

– Tu sais quoi ?

– Pour Sylvia…

– Tu as fouillé dans mon portable ?! Mais j'hallucine !

– Tu ne te prives pas d'en faire autant.

– Arrête de chercher l'embrouille, ma chérie…

– Ah non, il n'y a pas de chérie qui tienne ! Je te demande de m'éclairer, qui est cette Sylvia, pourquoi elle tient tant à ce que tu la retrouves à Paris ?

– Mais tu te fais des idées… C'est une ex… enfin… c'est maintenant une amie. Oui, je la vois de temps en temps quand je passe à Paris pour le boulot. Mais c'est pas la peine d'imaginer quoi que ce soit…

– Sylvia avec une rose en face… Et je ne dois pas me faire d'idées !

Tout ça, c'est dans ta tête. Tu t'inventes des histoires, il n'y a rien entre elle et moi depuis des années, mais elle est dépressive et a besoin de moi, je suis son ami. Tu ne peux pas comprendre ça ?

– C'est injuste, toi, tu aurais le droit de voir des amis, des ex même, alors que moi j'ai dû faire le vide autour de moi.

– Mais, ça n'a rien à voir, il n'y avait que des vautours autour de toi, c'est ton succès, leur ami, pas toi. Je fais ça juste pour te protéger. Et puis, arrête, la jalousie, ça te va pas ! Tu ne peux pas être jalouse de Sylvia, elle est comme une sœur…

– Je me demande vraiment d'où sort cette « sœur » dont tu ne m'as jamais parlé. Je ne sais rien de toi en fait, alors que tu sais tout de moi ! Tu es presque un inconnu pour moi, finalement !

– Ma pauvre, tu débloques totalement, c'est fou ce que tu peux te mettre dans la tête. Maintenant, rends-moi ce fichu téléphone, et sache que tu ne m'empêcheras pas de voir Sylvia. La discussion est close.

Elsa est estomaquée : une fois de plus, Éric est parvenu à retourner les événements en sa faveur. Et c'est elle maintenant qui passe pour la jalouse, la déséquilibrée, l'affabulatrice. Carolyn a tout entendu, elle attend qu'Éric soit sous la douche pour se manifester.

– Mais c'est un grand malade ! Tu ne vas tout de même pas avaler ses salades ? Il te balade depuis des mois, Elsa, tu ne peux pas te laisser faire une fois de plus. Réagis bon sang ! D'ailleurs, tu sais, à un moment, il m'a draguée aussi. J'ai dû mettre de la distance. Et c'est parce que je lui ai dit non qu'il a commencé à m'accuser de vol… Et maintenant, cette fille, c'est plus possible, Elsa, il faut réagir !

Éric surprend la fin de la conversation. Il demeure tapi derrière la double porte du salon, échafaudant déjà un plan pour se dépêtrer de la situation. Il sait ce qu'il va faire, il s'en sort toujours de toute façon. Il va chouchouter sa femme, lui proposer un week-end parisien, afin de l'éloigner un peu de l'influence néfaste de cette fichue Anglaise. Il va lâcher un peu de lest, l'autoriser à voir François, ainsi elle se sentira moins piégée, elle pourra respirer un peu. Comme ça, il est certain de la capturer à nouveau. Quant à

Carolyn, il s'en chargera. Il sait ce qu'elle cherche en fouinant dans leur vie. Il ne la laissera pas tout gâcher. Pour le moment, il laisse à la colère d'Elsa le temps de retomber, et ce soir, il lui montrera les billets de train pour Paris, et la réservation à l'hôtel Très Particulier, où il l'a amenée pour leur première soirée. Il organisera tout dans l'après-midi, et ce sera du gâteau.

Elsa éteint la lumière. Elle n'a pas adressé la parole à Éric de la journée. Elle se sent trahie, déboussolée, en plein doute. Elle devrait le quitter, un homme infidèle, ça se quitte. Elle n'arrive pas à prendre de décision. Elle ne sait pas pourquoi il la fascine toujours autant, malgré les horreurs qu'il lui balance, malgré le désamour bien amorcé depuis Noël, malgré tout. Elle reste malgré tout. Partir lui semble au-dessus de ses forces. Pour la première fois, elle prend conscience de l'emprise excessive qu'il exerce sur elle. Elle est engluée, piégée, bloquée. Elle sent cet homme qui la malmène depuis des mois se glisser près d'elle sous les draps, il tente de se coller à elle, mais cette fois, elle réussit à le tenir à distance. Ils dorment les corps éloignés. Au petit matin, elle se réveille, il n'est pas dans le lit. Elle se lève, le trouve dans la cuisine, affairé à préparer un brunch gigantesque, alors qu'il ne s'occupe jamais des repas. La table est déjà dressée, avec au milieu un bouquet de fleurs. Elle s'approche, s'assoit sur un tabouret de bar. Il lui offre son plus beau sourire, le plus éclatant, prêt à bouffer le monde. Elsa trouve dans son assiette une enveloppe : elle y découvre des billets de train pour Paris. Ça lui fait chaud au cœur, elle doit l'admettre. Elle capitule.

Dans la chambre luxueuse avec vue sur le jardin caché en plein Montmartre, Elsa se dit que Carolyn a dû inventer cette histoire d'infidélité par jalousie, peut-être que la jeune Anglaise est secrètement amoureuse de son mari. La preuve, depuis des semaines, elle tente tout pour éloigner Elsa d'Éric. Et puis, s'il la trompait vraiment avec cette Sylvia, pourquoi préférerait-il passer ce week-end parisien avec elle ? D'ailleurs, il se montre très amoureux depuis leur arrivée à Paris. Hier, elle a même pu voir François deux heures. Elle ne lui a pas parlé de Sylvia, ne voulant pas gâcher leurs retrouvailles. Ils s'étaient donné rendez-vous le vendredi après-midi au Wepler, place de Clichy, ils ont bu des Cocas et mangé des babas au rhum couverts de chantilly. Ils ont joué à s'en mettre partout sur le bout du nez, comme quand ils étaient petits et se goinfraient de fraises à la crème fouettée. François ne lui a posé aucune question sur son couple et sa vie à Dinard, mais il a osé la plus dure : « Alors, quand est-ce que je vais être tonton ? » Elsa s'est assombrie, ne sachant que répondre. Elle n'arrive pas à comprendre pourquoi ça ne marche pas. C'est un sujet tabou que personne n'aborde plus désormais dans leur couple. De plus, Éric et elle font de moins en moins l'amour. Elle n'a presque plus de désir pour lui et il ne lui met plus la pression dans l'intimité. C'est vrai que depuis quelques temps, il lui fiche la paix. Donc la question du bébé est passée à l'arrière-plan. Et ce n'est pas plus mal, en fait. Elle n'en souffre pas vraiment, ne se sentant pas prête à accueillir un enfant dans ce quotidien chancelant. De plus, elle se demande si l'art et la maternité sont vraiment compatibles. Elle pense que pour le moment elle n'est pas capable d'assurer les deux. Et les montagnes émotionnelles qu'elle traverse avec Éric n'offrent pas un contexte apaisant et propice à l'arrivée d'un enfant. Mais elle n'a rien confié de tout ça à son frère. Là encore, pour ne pas risquer de gâcher ces joyeuses retrouvailles. Elle ignore quand elle reverra ou même reparlera à son frère, d'autant qu'Éric pourrait très bien resserrer à nouveau la vis. Elle a appris à saisir au vol, et avec gratitude, ces moments de relâchement, de bonheur arraché dans la tempête d'hostilités. Elle avance en équilibre sur un fil qui peut se rompre à tout moment.

Elle regarde par la fenêtre de la chambre et se souvient de ce couple qui les épiait, Éric et elle, depuis le même endroit, le soir de leur rencontre. Où sont-ils presque deux ans après ? Sont-ils toujours amoureux ? Leur amour a-t-il traversé des moments difficiles comme le leur ?

– Allez go, on y va ! Je sens que mon cadeau m'appelle, je suis trop content !

– Quoi ?

– Ben, ça va faire bientôt deux ans que nous sommes ensemble. Moi, je t'ai offert ce week-end parisien, tu me dois bien un cadeau, non ?

– Euh oui, évidemment.

Elsa se trouve dans un traquenard, elle sait qu'elle va devoir assurer pour le cadeau, qu'Éric va être exigeant. Comme toujours quand il offre, il faut qu'on lui offre en retour. Ils prennent un taxi jusqu'à la rue de la Paix, elle sait où il l'emmène. Éric a une passion pour les montres de luxe. Elle a touché une belle somme pour l'exposition *Mains* qui a marché au-delà de leurs attentes, elle sait qu'il va le lui rappeler, affirmer qu'elle a les moyens de lui faire vraiment plaisir. Ils sortent du taxi, place de l'Opéra. Et s'engagent dans la rue des bijouteries.

– Donne-moi la main, j'aime quand tu me donnes la main en public. À Dinard, tu ne me donnes plus la main, c'est important d'afficher qu'on est un couple qui s'aime. Oh ! Regarde Elsa, j'adore cette boutique, elle est trop classe, toutes ces montres… Je sais, elles sont chères, mais ce sera pour l'héritage de notre enfant un jour. Regarde celle-là, elle est magnifique, non ? Elle m'irait bien.

Elsa a l'impression d'accompagner un gamin dans un magasin de jouets. Ils entrent dans la bijouterie, il demande à essayer plusieurs montres.

– Et celle-là, elle est belle, hein ? Et celle-ci !

Il insiste tant qu'Elsa doit capituler. Il arrête son choix sur la plus chère. Elle frémit.

– Bon, je sais, tu n'es pas Crésus, je vais en choisir une plus abordable. Tu penses quoi de celle-ci, elle me va à la perfection, je trouve… Tu ne dis rien, Elsa, ça ne te fait pas plaisir ?

– Si si, évidemment, elle est sublime, elle est faite pour toi. Je te l'offre.

– J'en ai de la chance d'avoir une petite femme comme ça, n'est-ce pas, monsieur ?

Le vendeur en a vu d'autres, il acquiesce, avec une certaine gêne. Éric enlace Elsa, et ils remontent la rue de la Paix, bras dessus bras dessous. Elsa se voit dans la vitrine d'un magasin de chaussures, elle est blafarde, ses traits tendus. Elle se sent défaillir, elle vient de gaspiller près de 8 500 euros et se rend compte de l'absurdité de son geste. Tout est faux ce week-end. Malgré ses suspicions d'infidélité, l'état presque extatique dans lequel Éric évolue depuis leur arrivée à Paris, elle sent que rien n'est normal. Tout est extrême. Ils s'installent à la terrasse du café de la Paix. Le téléphone d'Éric vibre, il se lève pour répondre. À sa gestuelle séductrice, et sa façon de parler, elle comprend. Il est au téléphone avec Sylvia, c'est certain. Il se moque d'elle. Il affiche un sourire hypocrite. Il va lui mentir, elle le sait. Et elle ne se trompe pas.

– Ma belle, si tu veux rentrer à l'hôtel te détendre ou aller revoir ton frère, n'hésite pas, je dois rencontrer un entraîneur pour l'une de mes nouvelles joueuses, tu m'en veux pas, hein ?

– Non, mais bon, tu ne m'en avais pas parlé…

– Ah, pardon, mais tu dois être contente d'avoir un peu de temps pour toi. On passe un bon séjour, alors ne le gâche pas, s'il te plaît…

– Tu as raison, je ne vais pas encore une fois tout gâcher…

– Pourquoi es-tu si ironique ? Je vais voir un entraîneur pour mon boulot, tu comprends ça ?!

– Bien sûr que je comprends. Vas-y. Ne t'en fais pas pour moi. On se retrouve tout à l'heure.

Elsa n'appelle pas son frère, ne rentre pas à son hôtel non plus. Elle marche longuement dans Paris, arpente le bitume, croise des visages, s'emplit de l'odeur et de l'énergie de la capitale, cette ville qui lui manque cruellement, cette ville qu'elle connaît par cœur. Elle marche pour se reconnecter avec elle-même, pour se donner la force de supporter la suite. Elle est restée calme tout à l'heure, pour ne pas provoquer de crise avec Éric. Désormais, elle demeurera impassible, n'élèvera pas la voix, ne se mettra plus dans des états seconds à cause de lui. Plus elle sera imperturbable, comme lui sait si bien le faire, moins il aura de prise sur elle. Son calme la sauvera.

Elle l'attend au bar de l'hôtel. Elle a commandé un cocktail. Il la rejoint, il sent un parfum féminin, il n'a même pas pris la peine de le masquer. Il choisit le même cocktail qu'elle. Ils trinquent les yeux dans les yeux, elle soutient son regard. Il sait qu'elle sait. Elle ne fera plus jamais allusion à Sylvia. Désormais, elle a la certitude que son mari la trompe.

*

* *

Afficher, montrer, tromper les autres, il excellait dans cet art. Il dupait, il trichait, il dissimulait. Je l'avais enfin percé à jour. Lui qui me traquait, qui me persécutait de sa jalousie maladive, qui tremblait à l'idée que je le trompe, lui m'était infidèle. J'ai découvert par la suite qu'il avait eu des aventures dès le début de notre relation, que souvent ses déplacements professionnels étaient liés à une maîtresse. J'ai pris contact, presque à la fin de notre relation, avec la famille d'Alice, la femme qu'il a quittée pour moi. Selon ses proches, Alice était épanouie et toujours souriante avant de tomber dans les griffes de ce manipulateur professionnel. Il lui avait promis de lui faire un enfant, lui avait fait miroiter le mariage, une vie en province, aventure dans laquelle il m'avait embarquée, moi. Pour Alice, je lui avais volé son homme et sa vie, pour sa famille, c'est lui qui lui avait volé sa vie. Ses parents avaient tout tenté pour la sortir de son emprise, ils avaient cerné le personnage. Alice était mannequin, sa carrière démarrait. Lui avait flairé la bonne affaire. Il avait commencé à mettre son nez dans ses contrats, à gérer sa carrière, et avait gagné beaucoup d'argent sur son dos, en se faisant passer pour son agent. C'est cet argent qu'il avait injecté dans l'achat de notre maison à Dinard. Malgré tout, Alice s'était accrochée. Elle était éperdument amoureuse de lui, beaucoup plus que je ne l'ai jamais été. Il l'a rendue folle, désespérée, et lorsqu'il l'a quittée brutalement pour moi, elle était à terre, anéantie, déjà morte, ce à quoi l'avait condamnée cette relation depuis le début. Je suis sortie bouleversée de ma rencontre avec ses parents, convaincue plus que jamais que j'avais vécu avec un monstre.

Moi aussi, il me spoliait, à coups de cadeaux exorbitants. La montre n'étant qu'un exemple. Il établissait toujours la facture à son nom, jamais au mien, de toute façon, je n'avais plus d'identité, il disait que c'était pour me protéger, pour respecter mon anonymat, en fait il prévoyait qu'en cas de séparation, tout serait à lui, tout au nom de monsieur, rien au nom de madame.

Quand j'ai découvert qu'il me trompait, j'ai passé un cap, mais pas suffisant pour oser le quitter.

Je n'arrive pas à comprendre ce qui me poussait à rester malgré tout avec lui, pourquoi je suis rentrée avec lui dans ce manoir, dans cette maison froide où je ne me suis jamais sentie chez moi. Je continuais à me jeter dans la gueule du loup, pleinement consciente de mes choix et de mes actes. Je n'ai confié à personne qu'il me trompait, j'avais honte, et ne me sentais pas encore assez forte pour avouer au monde que j'étais en souffrance, en détresse. Il en faut de la force pour admettre que l'on a besoin d'aide. Or, son lent travail de sape psychologique avait fait du chemin. Même quand j'ai découvert, plus tard, qu'il me trompait depuis longtemps, il a réussi à m'embrouiller – il y parvenait toujours –, arguant que « tout ça » appartenait au passé, sans préciser ce qu'il entendait par « tout ça ». Il répétait qu'il y avait prescription. Incapable d'assumer la responsabilité de ses actes, il retournait sans cesse les situations.

Parfois, malgré sa suffisance crasse et ses mensonges à répétition, j'arrivais encore à culpabiliser, pensant que s'il me trompait c'était parce qu'il n'était pas heureux avec moi, qu'il avait besoin de chercher du réconfort dans d'autres bras. Lui, qui avait établi dès le début de notre histoire la fidélité comme principe fondamental, avait rompu ses engagements. Et j'ai fermé les yeux sur ces « petites coucheries sans importance qui n'ont aucune valeur quand l'amour est là », comme il les qualifiait. Il continuait à brandir l'étendard de notre « grand amour », répétant que nous étions « plus forts que tout ça ». Il revendiquait un « nous » qui n'avait jamais vraiment existé, un « nous » de fiction. Il avait toujours un coup d'avance sur moi, il adorait répéter : « Moi, j'anticipe… »

Et aujourd'hui, je pense qu'il avait surtout toujours un vice d'avance sur moi.

11

Bon anniversaire ma chérie

Elsa tourne la clé de la porte d'entrée, la maison est déjà ouverte, étrange, Éric est en déplacement, et Carolyn est chez elle ce soir. Elle a un petit ami, et ça fait du bien à tout le monde. Cet été, Carolyn est même partie avec son copain en vacances sur la Costa Brava, tandis qu'Éric et Elsa restaient chez eux. Elsa a aimé l'été à Dinard, un bel été sans trop de journées pluvieuses ni de températures basses.

Elle entre, craignant un cambriolage. Elle entend des bruits dans la cuisine. Il doit y avoir quelqu'un, plusieurs personnes même. La main tremblante, elle se décide à appuyer sur l'interrupteur. Elle n'en revient pas. Ils sont tous là autour d'Éric, et d'un énorme gâteau aux fraises. François, Émilie, Cynthia, des cousins et cousines, son ancien agent, des galeristes parisiens, Carolyn et son petit ami, ils sont tous souriants, seule sa mère reste en retrait, l'air triste, le même désarroi dans le regard qu'à leur mariage. Ils entonnent en chœur : « Joyeux anniversaire Elsa, joyeux anniversaire Elsa, joyeux anniversaire… » Éric s'approche d'elle avec le gâteau pour qu'elle souffle les bougies.

– Joyeux anniversaire, ma chérie, prends une grande inspiration, car il y en a quarante !

Elsa éteint presque toutes les bougies d'un souffle. Les invités applaudissent. Tous se succèdent pour l'embrasser. Elle se sent aimée et vivante. Elle retient ses larmes, des larmes de joie et de soulagement à la fois. Elle en oublie la douleur aux dents qui la titille depuis le début de l'après-midi. Elle n'a pas vu Cynthia depuis deux ans, son amie artiste lui tombe dans les bras, elle a enfin trouvé l'amour, avec une jeune femme, elle est très heureuse depuis qu'elle a « arrêté les mecs », comme elle dit. François trouve sa sœur un peu maigrichonne et pâlotte pour « quelqu'un qui vit au bord de la mer ». Émilie est radieuse, elle lui dit avoir essayé de faire venir Jean mais il est de nouveau en promotion et dédicace ce soir dans une grande librairie bordelaise. Apparemment, se souvenant de la date d'anniversaire d'Elsa, il a donné pour elle une enveloppe à Émilie, lors de son dernier passage à Châteauroux. Elsa prend l'enveloppe avec son prénom dessus. Elle reconnaît l'écriture de Jean et, toute chamboulée, la glisse dans sa poche, elle l'ouvrira plus tard, loin d'Éric, car elle sait que si elle le fait en sa présence, elle aura droit à un interrogatoire. Pour le moment, elle évite d'y penser et savoure la fête. Éric est solaire, charmant avec tout le monde, même François semble conquis. C'est la première fois qu'elle voit son frère et Éric un peu complices. Seule sa mère apporte une ombre au tableau. Elle est froide, bougonne, et comme d'habitude mal à l'aise en public.

– Elle est bien grande ta maison, ma fille, un peu trop, non, pour vous deux…

– Oui, un peu c'est vrai, ça me fait du bien de voir du monde dedans…

– Pfff, tout ça, c'est de la poudre aux yeux, il fait comme les poulpes qui balancent de l'encre pour se défendre, sauf que lui, c'est pour dissimuler la vérité. Tu as fait la plus grosse erreur de ta vie en épousant ce sale type, regarde-le avec son sourire suffisant et ses rires hypocrites.

Les propos de sa mère l'agacent même si elle sait qu'elle a raison. Aussi se détourne-t-elle. Son regard tombe sur son mari. Elle l'observe. Il va dans la cuisine et y rejoint Carolyn qui, étrangement, glousse à ses moindres paroles. Elle doit avoir bu une coupe de champagne en trop. Elle se tortille dans sa robe moulante de manière aguichante sans se préoccuper le moins du monde de son amoureux, qui semble s'ennuyer ferme, à moitié affalé sur le canapé blanc. Il s'appelle Erwan, il est apprenti marin-pêcheur. Elle trouve Carolyn gonflée d'entreprendre ainsi Éric, alors qu'elle passe son temps à le dénigrer. Lui répond favorablement à ce jeu de séduction, il la saisit par la taille, l'attire à lui et lui murmure quelque chose à l'oreille, alors qu'elle le regarde d'un air enamouré. Elsa n'en croit pas ses yeux. Soudain, elle saisit l'évidence : leur complicité n'est pas nouvelle, tout montre une proximité habituelle entre leurs corps, pas de doute qu'ils sont intimes. Elle comprend que depuis le début elle se fait berner par les deux, ou alors Carolyn est elle-même victime de cette emprise qu'elle dénonçait chez Éric ? Elsa se sent doublement trahie. Elle a ouvert son quotidien à cette cousine éloignée, lui a donné sa confiance et son amitié, lui a raconté sa douleur, elle a partagé avec elle colères et humiliations, alors qu'elle, son amie, avait une liaison avec son mari. Cherchait-elle à la supplanter ? À devenir la maîtresse de maison ? Cette pensée effroyable réveille sa rage de dents. Une douleur atroce emplit sa bouche et remonte jusqu'à son crâne. Elle voit trouble. Sa mère perçoit son malaise.

– Ma fille, qu'est-ce que tu as ?

– Maman, j'ai très mal aux dents, c'est violent, là, je crois que je vais tomber dans les pommes !

– François, François ! Vite, ta sœur fait un malaise…

– Il faut la conduire aux urgences, je m'en charge, maman.

Elle est déjà à moitié inconsciente quand elle entend la voix d'Éric, pleine de moquerie.

– Mais non, elle a trop bu, c'est tout.

François reste auprès de sa sœur tout le temps de l'intervention du dentiste urgentiste, Elsa a un affreux abcès provoqué par deux caries profondes. Il lui tient la main pendant que le médecin la soigne. Malgré les calmants, elle hurle, elle pense n'avoir jamais ressenti pareille douleur. C'est la première fois qu'elle souffre des dents. François explique au chirurgien que sa sœur a toujours eu de « belles dents blanches », comme le disait leur grand-mère, que lui-même les enviait et que quand les premières caries attaquaient sa dentition de petit garçon mangeur de bonbons, Elsa, elle, pouvait se régaler d'autant de sucre qu'elle voulait, elle ne prenait pas un gramme et ses dents restaient d'une blancheur éclatante. Le dentiste est délicat, la douleur se calme, Elsa se laisse faire. François lit la détresse dans les yeux de sa sœur, il comprend alors tout ce qu'elle traverse, que malgré la fête et les attentions en apparence parfaites d'Éric, Elsa vit un enfer. Alors qu'elle s'apaise, il lui dit :

– Je sais… Je vais t'aider. Si tu veux bien…

L'intervention a duré près de deux heures, Elsa a l'impression qu'une éternité s'est écoulée. François ne la ramène pas chez elle, mais à l'hôtel où il réside avec sa mère. Il l'installe dans sa chambre.

– Je vais prendre soin de toi, ma sœur. Allonge-toi et dors, ne t'inquiète pas.

– Mais Éric, il faut le prévenir, il va devenir dingue !

– Chut, ne t'épuise pas à parler, dors, ne t'inquiète pas pour Éric, je m'en occupe.

François caresse les cheveux de sa sœur, comme il le faisait lorsqu'ils étaient petits et qu'elle faisait des cauchemars. Elle s'endort, sans penser au lendemain.

Elle se réveille tard, vers 11 heures. François n'est pas dans la chambre. Elle panique. Elle pense à Éric, à Carolyn, comment va-t-elle sortir de cette situation ? Elle ne peut plus faire comme si de rien n'était. Elle prend son téléphone, y découvre une trentaine de messages d'Éric, d'abord inquiets puis menaçants. Elle fait défiler sa prose.

« Où es-tu ? »

« Pourquoi tu réponds pas ? »

« Tu as pensé à tes invités ? »

« Je passe pour quoi, moi ? »

« Elsa, je comprends pas, pourquoi tu me fais ça ! »

« Elsa, après tout ce que je fais pour toi… Même pas un merci ! »

Le dernier message, totalement à côté de la plaque :

« *Le brunch que j'avais prévu avec Carolyn pour toi et tes invités est prêt, mais personne n'est là. Je suis déçu, très déçu. Quelle honte !* »

Sur la table de chevet, elle trouve un petit mot de François.

« *Elsa, on t'attend avec maman à la réception, on déjeune et ensuite on prend la route, et tu viens avec nous. Pas besoin de prendre tes affaires, je reviendrai plus tard les chercher. On va se battre pour te sortir des griffes de ce malade.* »

Voilà, elle y est. Son frère prend les choses en main. Il lui ouvre grand une porte de sortie. Elle doit saisir cette occasion. Ne pas laisser passer cette chance. Ne plus rentrer chez elle. Partir, sans se retourner. Admettre que ce couple ne fonctionne pas, admettre que toute cette histoire n'est pas une vraie histoire d'amour, se respecter enfin. Elle vient d'avoir quarante ans, elle arrive à un tournant dans sa vie. Elle s'habille, la bouche pâteuse, sa mâchoire encore anesthésiée. Son téléphone vibre à nouveau, c'est Éric.

« Si tu pars, je crève. »

Elle doute de sa sincérité, encore ce chantage !, mais dans la tête d'Elsa tout se brouille. Elle descend à la réception, reconnaît le petit salon désuet du Printania, qui lui semble triste, cette fois. Il n'y a pas de soleil pénétrant la verrière, les meubles sont ternes, tout est gris et verdâtre. Le prisme par lequel elle regarde la vie a changé. Elle la voit morne. Sans plus grand-chose de lumineux.

François et sa mère sont attablés devant leurs tasses de thé. Leurs bagages sont prêts. Ils lui sourient avec bienveillance. Ils sont sa famille, prêts à l'accueillir à nouveau malgré la distance qu'elle a mise entre eux, ces deux ans et demi. Ils sont sa famille, mais elle n'y arrive pas. Elle ne va pas pouvoir les suivre. Elle ne sait pas pourquoi. Elle est bloquée. Elle sait pourtant que ce serait la meilleure chose à faire, mais c'est prématuré. Elle a besoin de temps. Elle se sent malgré tout lié à son mari. Elle ne peut pas se séparer de lui si brutalement. Elle pense qu'elle peut encore encaisser, et naviguer dans les eaux troubles de cette relation toxique, il faut juste qu'elle veille à ne pas laisser le poison s'immiscer plus loin dans ses veines. Elle partira. Mais l'heure n'est pas venue. Elle s'avance vers ses proches, leur annonce sa décision, irrévocable, inutile d'insister. Elle lit une fois de plus le désarroi dans le regard de sa mère et l'incompréhension dans celui de son frère. Ils ne font rien cependant pour la retenir. Ils savent Elsa têtue, pour les bonnes comme pour les mauvaises décisions. Ils sont venus à Dinard pour célébrer les quarante ans de celle qu'ils aiment le plus au monde et repartent, le cœur encore plus inquiet. Elsa a bien conscience qu'elle leur fait de la peine, elle a mal également. Elle craint de retourner auprès de son mari, mais encore plus de le quitter. Elle se déteste pour ça. C'est comme si elle tendait le bâton pour mieux se faire battre. La boule d'angoisse vissée à la gorge, elle rentre lentement à la maison. La mer est grise comme le granit des falaises, l'automne est bien entamé. La nature est belle et rude, elle l'aidera à surmonter tout ce qu'elle se prépare à affronter.

Elle entre dans la maison. Éric et Carolyn sont installés sur le canapé blanc, Carolyn exactement à la place d'Elsa. Ça y est, pour la première fois la jeune fille a osé s'asseoir là. Elsa se dit qu'elle cherche à la remplacer. Les deux forment un vrai petit couple. L'ambiance est glaciale, personne ne parle. Le silence est pesant. Éric finit par se lever.

– T'as vu l'heure ? Tu es partie hier soir à 22 heures et tu rentres à midi et demi. Tu te fous de nous ?

Elsa a la bouche encore endormie, mais craint que sa douleur se réveille, aussi articule-t-elle péniblement.

– Mais de quoi tu parles ? Je ne suis pas partie, je suis allée aux urgences, tu m'as vue m'évanouir quand même !

– Oui, mais tu es une sacrée comédienne, je te connais…

– Tu crois que ça m'a fait plaisir d'aller me faire charcuter la bouche pendant trois heures ?

Éric se dresse face à elle. Il tend le bras vers son visage. Elle a un mouvement de recul, craignant soudain qu'il la frappe. Il adopte sa voix doucereuse :

– Mais, n'aie pas peur enfin, tu crois que je vais te taper ou quoi ? Je ne suis pas violent, moi. Pour qui tu me fais passer, devant Carolyn, en plus ! Approche, je veux juste voir un truc. Ouvre la bouche…

Elsa est choquée, il veut inspecter ses dents pour s'assurer qu'elle ne ment pas. La situation est atroce, elle a l'impression d'être comme ces esclaves à qui on retroussait les lèvres pour vérifier l'état de la dentition. Il ne lui a jamais infligé pareille humiliation, elle pense que Carolyn va la soutenir, au contraire elle la dévisage d'un air suspicieux. Ils se liguent contre elle, sa vie est un enfer. Elle se met à pleurer et s'écroule à genoux, tant son chagrin pèse sur son corps. Comment peuvent-ils imaginer qu'elle invente une rage de dents le jour de son anniversaire ? Les deux sont aussi malveillants l'un que l'autre. Elle n'en revient pas. À quoi ça sert de pleurer, c'est elle qui a fait le choix de retourner dans la gueule du loup, elle ne peut s'en prendre qu'à elle-même, elle est une « pauvre fille », acculée, condamnée à vivre avec ses bourreaux.

*

* *

J'étais si loin de moi, je ne m'appartenais plus. J'étais arrivée au point de rupture, et pourtant j'avais fait le choix, bien malgré moi, de rester. Malgré moi. Je vivais malgré moi, c'est exactement ça. On vit malgré soi avec un pervers narcissique. Notre moi est altéré, notre moi nous échappe, notre moi nous est étranger, nous ne le reconnaissons plus. Mon entourage était désespéré. La contradiction entre ma volonté de m'accrocher à un amour de plus en plus absurde, vidé de sa substance, et les premiers signes de ma révolte, mes proches ne la comprenaient pas, ils la percevaient comme de la folie. Mon corps, lui-même, commençait à exprimer vivement cette révolte par des affections et douleurs. Pour la première fois de ma vie, j'avais des caries, dont le sucre, de nombreuses études l'ont montré, n'est pas l'unique responsable. Elles sont en effet étroitement liées au stress, reflètent nos états d'âme et nos difficultés existentielles. En apparence anodines, elles cachent souvent des drames, disant : je refuse de mordre, de me défendre, de me manifester par la parole, de croquer la vie à pleines dents ! C'est la maladie du non-dit par excellence. J'étais attaquée en permanence, aussi mes dents s'effritaient. Lors de mes nuits au sommeil de plus en plus perturbé, il m'arrivait de rêver que mes dents se détruisaient ou que je les perdais, c'était la manifestation de mon incapacité à rendre ma parole audible face à mon pervers. Je n'arrivais pas à formuler les choses, à mettre des mots sur mes sentiments, mes émotions, ma douleur, ma tristesse, mes incompréhensions, mes peurs, mes manques. J'avais une rage de dents car je n'arrivais pas à exprimer ma rage. Seules les larmes me permettaient d'évacuer. À partir du jour où il a inspecté ma bouche devant la jeune fille aussi cruelle et manipulatrice que lui, j'ai pleuré presque toutes les nuits, je pleurais même dans mon sommeil, souvent c'étaient mes larmes qui me réveillaient. Lui ne s'en apercevait pas, ou alors il ne le voulait pas. De toute façon, il ne supportait pas que je pleure, pleurer était un aveu de faiblesse.

Je n'avais jamais eu de problème de santé auparavant, et là, je sentais mon corps en détresse, il m'envoyait ce message : « Fais quelque chose ou je vais craquer. » Mais je m'interdisais de l'écouter, je me croyais plus forte que la maladie, jeune, à l'abri de tout. C'était me surestimer, mal me connaître finalement. Je ne me reconnaissais plus, je ne me connaissais plus, j'étais devenue une inconnue pour mes proches, et plus encore pour moi-même. J'avais quarante ans, et je ne savais plus qui j'étais. J'étais perdue. Je n'étais plus qu'incertitude, que tremblement intérieur. Je tombais malade peu à peu, lui déployait sa pathologie psychologique et mon corps à moi tombait malade. Sa perversité était un virus qui colonisait lentement mon corps, me détruisait à petit feu. Détruire était la seule chose dont il était capable. Aimer et détruire étaient synonymes pour lui, se superposaient, s'interchangeaient, il aimait détruire, il aimait me détruire. Il détruisait ce qu'il aimait. N'ayant trouvé aucun moyen de me défendre, je me laissais couler, sombrer.

Il y a des cours de self-defence pour parer aux agressions physiques, mais il n'y en a pas contre les violences psychologiques. Il me fallait apprendre seule à esquiver les coups, les anticiper pour les parer. Mais il avait toujours un coup d'avance, une vacherie d'avance, un biais pour m'humilier et me mettre à terre. Il m'avait brisée, s'était allié à la jeune fille, me trompant avec elle, qui était tout autant que moi, si ce n'est plus, sous emprise.

Parfois, elle était de mon côté victime, mais la plupart du temps elle s'alliait au tyran. Moi, je n'arrêtais pas de lui dire combien elle était belle, combien elle nous aidait au quotidien. Il m'arrivait de la payer plus que convenu, c'était notre secret. Je lui offrais des habits, des produits de beauté. Comme une mère ou une grande sœur le ferait, et je l'ai longtemps considérée ainsi d'ailleurs. Elle était ma cousine et il me plaisait de lui dire que j'étais sa mère de cœur.

Pourtant, j'étais devenue une pestiférée dans ma propre maison. Ils m'imposaient des repas partagés avec eux deux, il l'a conviée de plus en plus souvent à dîner, des dîners où j'assistais à l'échange de leurs regards, à leur complicité grandissante. Ils prenaient des décisions sur ma vie, sans que j'aie voix au chapitre, sans qu'on se soit concertés. J'étais clouée à terre, j'encaissais sans même avoir la force de rétorquer. Impuissante, j'étais devenue la femme invisible, je n'existais pas. Comment pouvais-je à ce point ne pas réagir ?

Je n'étais tout simplement plus moi, vide de tout. Il avait tout aspiré de moi. Je n'étais qu'une enveloppe corporelle sans cerveau qui agissait au grès de ses désirs à lui. Je voulais réagir, je voulais parler, je voulais faire mais j'étais paralysée.

C'est un sentiment d'une violence extrême. Lorsqu'on en arrive à ce stade, cela veut dire que l'emprise est à son paroxysme.

12

Je désire qu'il meure

Elsa lève les yeux vers le plafond, elle repère la caméra, discrète et petite, dans le coin de la pièce. Son épaule lui fait atrocement mal. Elle va dans son atelier, trouve la même moucharde au-dessus de l'armoire où elle range ses pots de peinture. Elle se demandait pourquoi, depuis des semaines, Éric savait tout d'elle, ses moindres gestes, ses pauses, ses siestes, même les moments où elle allait aux toilettes. Il était au courant de ses rares conversations avec François, était témoin de ses crises de larmes, qui s'intensifient et se rapprochent. Il part souvent en déplacements. Elsa ne doute pas qu'il va retrouver Sylvia ou une autre. Il a peut-être plusieurs maîtresses, Carolyn n'est qu'une proie parmi d'autres.

Mais celle qu'il malmène le plus, c'est elle, sa femme, son statut d'épouse ne lui donne que ce privilège : subir toutes les tortures psychologiques. Dans cette entreprise de démolition, elle est la favorite. L'étau se resserre de plus en plus, elle vit sous surveillance lorsqu'il est à la maison, elle vit sous surveillance lorsqu'il est absent. Il a relié les caméras à son portable. Il a ainsi accès à toute son intimité. Il s'immisce dans le moindre espace de liberté qui reste encore à Elsa. Elle est épiée jusque chez elle, dans cette maison qu'elle déteste de plus en plus, cette maison devenue prison, forteresse où elle se trouve emmurée. Elle cherche les angles morts des caméras pour échapper à leur espionnage de chaque instant. Elle en a trouvé un où travailler dans un coin de l'atelier, mais rien ne sort, ses difficultés à peindre augmentent, son énergie créatrice se tarit, son imaginaire s'assèche, même de ça, il a réussi à la spolier.

Qu'il soit présent ou absent ne change rien. Il est devenu le maître des horloges, le temps semble distendu. Elle ne fait plus vraiment la différence entre le jour et la nuit. Elle est sans cesse sur le qui-vive, la boule d'angoisse ne la quitte plus, elle a grossi encore et l'emplit désormais de la gorge au ventre. Qu'il soit présent ou absent, il lui reproche la moindre escapade qu'il juge trop longue. Si elle passe plus de vingt minutes à l'extérieur, il lui envoie un SMS pour lui demander ce qu'elle fait, où elle est, avec qui. Elle ne peut plus rien faire, ni flânerie ni shopping, son jogging est minuté. D'ailleurs, elle ne prend plus de plaisir à se promener, il a réussi à saper son plaisir, à détruire les bases de son quotidien. Elle est trop angoissée à l'idée de devoir justifier chaque sortie, chaque retard dont elle finit toujours par se sentir coupable.

Il épluche aussi ses mails, accédant à toutes ses conversations : il a la main sur son ordinateur. En plus des caméras, elle se demande s'il n'a pas placé des micros sous les tables. Elsa bascule dans une paranoïa malsaine et obsessionnelle. Bien qu'elle n'ait rien à se reprocher, elle finit par croire que, peut-être, elle a fait quelque chose de mal.

Ses seules sorties non accompagnées autorisées sont ses visites chez la kinésithérapeute. Elle souffre de l'épaule depuis quelques semaines, ce qui l'empêche de peindre. Parfois, tout le haut de son bras se fige, se raidit, et la nuit tout se bloque.

Elle sort de chez la kiné, son épaule encore douloureuse. Elle se soigne avec un traitement anti-inflammatoire et de la rééducation. Son corps fout le camp, elle sait pourquoi. Elle entend Éric rentrer. Il a des paquets plein les bras, c'est ainsi chaque fois qu'il revient de voyage. Elle n'arrive pas à lui sourire, il a l'air enthousiaste pourtant. Il l'embrasse sur le front, elle recule.

– Tu n'es pas très chaleureuse, dis donc…

– Éric, c'est quoi, ces caméras ?

– Pour assurer ta sécurité, ma belle.

Évidemment, il a tout prévu pour répondre aux questions d'Elsa. Elle décide de ne pas relever, de toute façon, elle n'a pas la force de s'opposer à lui.

– Pourquoi tu te tiens l'épaule, comme ça ?

– J'ai un problème, je souffre d'une capsulite, ou syndrome de l'épaule gelée…

– Ah c'est drôle, j'ai plutôt l'impression que c'est tout ton corps qui est gelé… Et puis, tu commences à te faire vieille. Moi, j'ai de la chance, avec l'âge je me bonifie, mais toi, avec toutes ces petites jeunes qui arrivent sur le marché, tu vas avoir du mal à te recaser si tu me quittes…

L'ironie et le mépris d'Éric percutent Elsa. Elle sent des remous dans son ventre, quelque chose qui confine à la détestation monte du tréfonds de ses entrailles, de plus en plus puissant, vers sa bouche, et explose en un rire nerveux.

– C'est bien, je te fais encore rire... Tu ne me désires plus, mais au moins je te fais rire. Bref, changeons de sujet, elle est où, Carolyn ? J'ai une bonne nouvelle pour elle... J'ai invité sa mère et l'un de ses frères pour quelques jours à la Toussaint.

– Elle ne devait pas justement rentrer à Liverpool pour les vacances ?

– Changement de programme, on a décidé ça avec elle, et sa mère est ravie.

– « On a décidé ça avec elle... »

– Ah, commence pas à faire ta jalouse, hein !

Elsa réprime un nouveau rire de défense, mais elle redoute ce qu'elle sent grandir en elle : la haine. La haine la gagne, la haine se diffuse partout dans son corps attaqué de toutes parts, une haine qu'elle n'arrive pas à exorciser, une haine qui ne peut que rester silencieuse. Éric la défie du regard, il sait que ça remue en elle, il cherche à la faire sortir de ses gonds, il veut qu'elle hurle, qu'elle fasse une crise, pour qu'il puisse la traiter de folle ou d'hystérique. Non, ce serait trop facile. Il ne gagnera pas sur ce terrain. Elle se contient mais, à ce moment précis, elle est envahie par une idée redoutable, à ce moment précis, elle souhaite la mort de son mari, elle se le formule en silence : « Je veux qu'il meure ».

– Alors, elle est où, Carolyn ?

– Je sais pas, au studio, ou certainement chez Erwan… Tu sais, le garçon qui l'accompagnait le soir de mon anniversaire.

Éric se tend, son sourire à toute épreuve se fige. Elsa a piqué là où ça fait mal. Il se détourne et va poser les paquets dans la cuisine.

– Vous les déballerez sans moi, ce sont des cadeaux pour vous deux… Mais évidemment, personne ne va me remercier. Comme d'habitude.

Elsa pense : « Des cadeaux achetés avec mon argent… Comme d'habitude. »

Éric sort de la maison, en colère. Il prend la voiture. Elsa est certaine qu'il est parti chercher Carolyn. Elle va être tranquille quelques heures, pouvoir dormir un peu, se remettre de la séance de kiné qui l'a éprouvée. Carolyn sait qu'Éric a d'autres aventures, aussi elle ne quitte pas son petit ami, d'autant qu'elle est persuadée au fond qu'il ne changera pas et ne veut pas se séparer d'Elsa. Se séparer d'Elsa, ce serait ruiner l'édifice bâti ces deux dernières années, se séparer d'Elsa, ce serait perdre la sécurité financière, le mariage et le statut social qui va avec. Se séparer d'Elsa, ce serait tout perdre. Il tient trop à cet équilibre même s'il est très fragile.

Elle ferme les volets de sa chambre pour que la lumière du soir ne vienne pas la déranger, elle s'allonge sur son lit. Les yeux clos, elle pense très fort : « Si seulement je pouvais ne jamais t'avoir rencontré, si seulement tu pouvais disparaître de la surface de la terre, que je ne sente plus ta présence, si seulement tu pouvais me foutre la paix pour de bon. » Ensuite, elle se répète, comme un mantra : « Je désire que tu meures. » Elle finit par s'endormir et refait à peu près le même rêve que sur la plage lors de leur premier séjour à Dinard au début de leur histoire. Cependant, la fin cette fois est différente, l'homme dont elle ne voit pas le visage approche, sort un couteau de sa poche et s'apprête à l'en larder de coups, mais elle parvient à se saisir de son arme et c'est elle qui le frappe. Toujours sans voir son visage, elle déverse sa violence sur lui.

La porte d'entrée claque, elle se réveille en sursaut. Elle culpabilise d'avoir fait pareil rêve. Elle sait qu'Éric est l'homme qu'elle y achevait. Elle espérait, inconsciemment, avoir un jour la force de le tuer. Elle sent que si ça continue quelqu'un ne sortira pas indemne de cette histoire. Il faut qu'elle sauve sa peau avant qu'il soit trop tard. Éric déboule dans la chambre. Il prend sa tête entre ses mains. Et se colle à elle.

– Heureusement, que tu es là toi, mon Elsa. Cette idiote est en train de gâcher sa vie avec ce mec, un marin-pêcheur de Saint-Malo, une petite frappe qui boit et fume…

– Pourquoi tu dis ça ? Il a l'air gentil ce garçon, et Carolyn semble heureuse avec lui.

Elle est enceinte !

– Ah… ils sont un peu jeunes, c'est vrai.

– Elle est enceinte et elle veut garder le bébé. Elle va l'annoncer à sa famille chez nous, la semaine prochaine ! Comment elle peut me faire ça ?!

– Mais Éric, elle ne te fait rien à toi…

– On a une responsabilité, on lui a trouvé un studio, on la paie, on la nourrit…

– Oui, mais elle est majeure, elle a le droit de faire ce qu'elle veut de sa vie… À moins qu'il y ait autre chose ?

– Ça va pas, qu'est-ce que tu vas insinuer encore ? Que je couche avec elle ? Tu recommences avec ça ? Tu penses peut-être que je suis le père de cet enfant ?

– C'est toi qui le dis…

– Mais ma pauvre, tu débloques !

Il sort en trombe de la chambre et se précipite dans la cuisine d'où il lui crie :

– Mais tu n'as rien préparé pour le dîner ?! Et Carolyn n'a rien prévu non plus… Je reviens d'un déplacement professionnel, je rapporte des cadeaux, et personne ne daigne me préparer à dîner.

Elsa ne sait que répondre. Son mari est piqué au vif parce que Carolyn lui échappe, cela n'a rien à voir avec elle.

Il continue de pester.

– Cette gamine est enceinte, et toi, t'es même pas fichue de nous faire un gosse !

Touchée dans sa chair, Elsa quitte la chambre, traverse le salon et sort dans le jardin, côté mer. Le vent se lève. Vêtue seulement de leggings et d'un sweat à capuche, elle a froid, mais elle doit prendre l'air, respirer, pour ne pas le frapper, elle doit respirer ou il lui faudra le faire taire. Chaque parole qu'il assène est un coup de poignard dans son cœur. Désormais elle le hait. Elle va le quitter. Sa décision est prise : elle le lui annoncera ce soir, elle le lui dira en face. Il la rejoint dehors, quand il se met à pleuvoir, une pluie drue et froide. Il lui ordonne de rentrer se mettre à l'abri, elle veut lui dire qu'elle le quitte, mais les mots ne sortent pas, aucun son ne sort de sa gorge qui n'est plus qu'un nœud d'angoisse, aussi elle s'éloigne et se dirige vers l'escalier. Elle ne veut plus l'entendre, elle ne veut plus qu'il la touche. C'en est trop, elle va exploser, elle préférerait se jeter de la falaise plutôt que de retourner auprès de ce monstre. Il la suit.

– Elsa, rentre ! Il pleut beaucoup et le vent forcit.

– Laisse-moi !

Elle dévale les marches, à l'aveugle, manque de tomber, fonce, la grille est ouverte, Carolyn oublie souvent de la fermer. Éric la suit. Elle court sur la digue quasi déserte, croise un homme et son chien, qui ne prête aucune attention à elle ni à Éric qui la poursuit. Elsa fonce sur la plage, la mer est haute, grossie par la houle. Elle court vers l'eau, veut en finir, être engloutie par les flots et enfin trouver l'apaisement. Elle a déjà les pieds dans l'eau, sent le froid monter dans son corps. Elle n'a pas peur. Éric arrive à la rattraper, il la saisit par la taille et la tire de l'eau. Elle se fait lourde pour qu'il ne puisse pas la porter. Elle entend à peine ses cris désespérés, tant le vent souffle et la mer gronde. Elle pleure de tout son corps, se vide, expulse chagrin, haine et colère. À bout de forces, elle se rend à l'ennemi. Ils ont de l'eau jusqu'à la taille. Éric la soulève, elle s'accroche à son cou, il déploie toute sa vigueur pour sortir de l'eau. Réussit à remonter jusqu'à la digue. L'homme au chien a assisté à la scène, il propose d'appeler les pompiers, Éric refuse, l'autre insiste.

– Mais de quoi vous mêlez-vous, je vous dis que tout va bien, ma femme est juste un peu déséquilibrée, on va rentrer.

Elsa a les oreilles bouchées, mais elle perçoit les paroles d'Éric. Elle n'a pas réussi à se noyer. Pourtant elle se sent morte. Son corps se laisse manipuler par lui. Il l'aide à monter l'escalier, la porte jusqu'à la chambre, la déshabille, la frotte avec une serviette pour la réchauffer, lui enfile une nuisette, l'allonge et la borde avec la couette. Il ne prononce pas un mot de réconfort. Ses gestes, qui pourraient être ceux d'un mari amoureux et inquiet pour sa femme, sont mécaniques, froids, dénués d'affect. Elle n'y sent aucune tendresse. Avant d'éteindre la lumière, il finit par lâcher :

– Va falloir que tu te fasses soigner, tu es malade des nerfs.

*

* *

J'ai passé une semaine alitée, jusqu'à l'arrivée de la famille de la jeune fille. J'étais un zombie, bourrée aux antidépresseurs qu'une psy incompétente m'avait prescrits. Mon mari, ayant décrété qu'il fallait que je me soigne, m'avait emmenée voir cette psy. Une psy qu'il avait réussi à mettre dans sa poche, en lui retournant le cerveau. Elle avait conclu nos deux séances par un diagnostic sans appel : « dépression masquée », qui expliquerait mes « troubles de l'humeur », mes insomnies, mon « désintérêt pour mon travail », mon incapacité à créer, mes douleurs chroniques un peu partout dans le corps. À aucun moment le comportement d'Éric n'a été questionné, à aucun moment l'idée que je sois victime d'un manipulateur n'a été évoquée. Je suis sortie avec mon ordonnance de médocs et je suis rentrée me coucher. Je n'avais plus que ça à faire, attendre que ça passe. J'avais failli mourir aux yeux de tous, en fait, je sais aujourd'hui que je voulais qu'il meure, lui, et que cette tentative de suicide était une façon de le faire disparaître.

La jeune fille était venue le lendemain. Étonnamment elle s'était montrée adorable avec moi, me préparait des petits plats, me disait qu'il était allé trop loin, qu'il fallait que je me retape vite, que tout cela passerait. Elle disait qu'elle savait, elle, à qui nous avions à faire, répétant qu'elle avait été la première à le démasquer. Elle disait tout cela mais sans rien faire pour nous tirer de là. Elle n'arrêtait pas d'osciller entre des moments où elle le vénérait et des moments où elle le détestait. Elle était perdue. Avait perdu la tête. J'étais entourée de personnes malsaines, je ne pouvais pas m'en sortir si je restais. Cette maison était devenue folle. Je devais trouver la force de me sauver. J'ai commencé par ne plus prendre mes médicaments, afin de retrouver mon discernement.

Un après-midi, j'ai pris mon ordinateur et y ai effectué des recherches au sujet ma capsulite de l'épaule :

« Problème en lien avec le ou la partenaire. La personne doute de ses capacités, de son identité. Ressenti de dévalorisation. Je ne suis pas un assez bon époux ou épouse. Dans le corps, les articulations permettent le mouvement des os. Lorsque l'articulation est touchée, la problématique vient d'une difficulté à faire le lien entre des éléments de sa vie. À tout articuler correctement. »

J'ai aussi tapé : « conflit de l'épaule gelée » pour comprendre.

« Conflit de l'épaule gelée : j'aimerais m'envoler, mais je ne me l'autorise pas pour diverses raisons. Au départ, je suis en conflit avec le mouvement et l'épaule est douloureuse. Cette douleur me rappelle sans cesse que le problème est présent et qu'il faut que je parvienne à articuler travail, couple, aspirations personnelles, mais que je n'y arrive pas. Finalement, comme je ne parviens pas à faire le mouvement qui serait le plus juste, alors je me fige, je me gèle dans ma problématique. Je fais le mort. »

Dans mon cas, « je fais le mort » était particulièrement pertinent. J'avais flirté avec la mort, je nourrissais des idées morbides. J'étais morte à moi-même. Aussi, je ne pouvais pas écouter mon corps. En prendre soin. Ce corps dévalorisé depuis des mois, ce corps renié.

« Il est important de trouver en premier lieu le conflit qui a engendré le syndrome. Quelle partie de notre vie est concernée ? Généralement, il n'y a pas à chercher bien loin. On sait ce qui nous cause du souci dans notre quotidien. Ce que l'on rumine dans la journée. Ce qui nous réveille la nuit. Une fois le problème cerné, il nous faut définir où se trouve le sentiment de dévalorisation personnelle, d'impuissance à agir et pourquoi c'est ainsi. Et finalement, chercher à savoir s'il y a une autre solution que de geler ses émotions et ses actions, pour se sortir de cette situation. »

Partir, fuir, prendre mon envol. J'en ai rêvé plus d'une fois. J'ai même failli me noyer pour m'en sortir. Ce choix de la mer n'était pas anodin non plus. Me laisser porter par les eaux, retourner à l'élément liquide, être légère une dernière fois. J'aspirais à être légère.

La mère et le frère de la jeune fille ont fini par arriver, j'avais décidé de ne pas donner une image négative de moi. Ils faisaient partie de ma famille, après tout. Je suis sortie de ma chambre. Je me suis apprêtée, maquillée. J'ai pulvérisé les médicaments, les ai réduits en poudre afin de les faire disparaître dans la cuvette des toilettes. Mon mari voulait me faire passer pour folle, je ne le laisserais pas gagner sur ce terrain, je montrerais le peu de forces qu'il me restait, je puiserais dans mon orgueil pour me redresser. J'avais tenté de mettre fin à mes jours, mais je n'étais pas un cas désespéré. Il avait invité la famille de la jeune femme pour leur en mettre plein la vue et la ramener à lui. La mère de l'Anglaise n'avait jamais passé de vacances au bord de la mer, il voulait se faire passer pour le grand seigneur généreux avec tous, mais attention, avec la carte bancaire de sa femme. Ça a marché, ça marche quasiment toujours. Dans tous les cas, il sait avec qui il peut jouer, ou pas. La famille anglaise était facilement impressionnable. Des gens modestes, adorables, un peu naïfs et malléables. Je me suis donc retrouvée pendant près d'une semaine à devoir feindre le bonheur parfait. Je voulais prouver à mon pervers de mari que je n'étais pas encore anéantie. Et contre toute attente, j'ai eu du plaisir en compagnie de ces Anglais. Il faut dire que je n'avais rencontré personne depuis des semaines, leur visite me permettait de me réadapter à la vie sociale. Le petit frère me regardait d'un œil admiratif, je crois qu'il me trouvait belle. Et j'éprouvais une sorte de complicité avec sa mère. Je l'emmenais faire de grandes balades sur la plage, elle me remerciait de ce que je faisais pour sa fille, disait que je comptais vraiment pour elle. Qu'avec mon époux, nous étions sa deuxième famille. Si elle avait su ce que traversait sa fille, si elle avait su les ravages qu'il faisait. Si elle avait su… Mais je n'ai pas voulu l'alerter. J'avais décidé de me protéger, je n'allais pas me mêler des affaires de cette jeune fille qui n'était plus rien pour moi. Tout comme mon mari. Plus rien pour moi.

13

À bout de souffle

Elsa et Carolyn sont rentrées avant Éric de la montagne. En urgence. Avant la fin des vacances de Noël. Elle avait attrapé un gros rhume qui s'était envenimé et avait commencé à peser sur sa poitrine. Éric, qui ne souhaitait pas appeler un médecin, avait décrété que c'était une bronchite. Malgré son état de santé, et les critiques de Julie et Éliane, il lui avait imposé la balade traditionnelle. Elle en était revenue très affaiblie, et avec une fièvre de cheval. Elle avait déliré la nuit entière, parlé dans son sommeil, et abondamment transpiré. Dans son délire, elle avait appelé sa mère et son frère, mais aussi Jean. Ce qui n'avait pas échappé à Éric.

– Elsa, c'est qui, Jean ?

– Jean ?

– Oui, cette nuit tu as appelé un certain Jean.

– Ah Jean ! Un ami d'enfance à Châteauroux.

– Tu ne m'as jamais parlé de lui…

– Tout comme tu ne m'avais jamais parlé de Sylvia… Écoute, je ne me sens vraiment pas bien, j'ai du mal à respirer et à articuler. Je ne peux pas en dire plus.

– Hum… elle tombe bien, cette bronchite. Allez, va te recoucher.

Elle n'avait pas réussi à monter l'escalier et s'était écroulée à la deuxième marche. Julie, Éliane et Carolyn avaient déboulé, inquiètes. Heureusement, elle n'était pas tombée de haut, mais une énorme quinte de toux l'avait alors assaillie, lui coupant le souffle.

– C'est peut-être autre chose qu'une simple bronchite, il faut appeler le Dr Lebrun, il est toujours là, à Noël !

Julie avait pris les choses en main, elle avait téléphoné à leur médecin, toujours disponible pour leur famille. Elle avait installé Elsa sur le canapé près de la cheminée. Lebrun l'avait auscultée consciencieusement et avait diagnostiqué une pneumonie. Il fallait l'hospitaliser pour prévenir d'éventuelles complications, mais l'hôpital le plus proche était à Genève.

– Elle va se reposer et rester ici, avec nous, avait décrété Éric. Tout ira mieux dans quarante-huit heures. Pas question qu'on passe Noël à l'hôpital.

– Alors, il faut qu'elle prenne du paracétamol, qu'elle s'allonge, le buste relevé, afin de faciliter sa respiration. Il est indispensable qu'elle soit au calme, qu'elle se repose et s'hydrate régulièrement.

Elsa avait donc passé le réveillon sur une banquette du salon, à essayer de dormir entre ses quintes de toux et les rires de son mari qui tenait à fêter Noël malgré l'état de santé de sa femme. Elle l'avait entendu ironiser :

– Décidément, elle m'en fait voir de toutes les couleurs ces dernières semaines : rage de dents, épaule bloquée, dépression, et maintenant une petite pneumonie… elle est devenue si fragile !

– Tu es dur avec elle, elle traverse une période pas facile…

Julie avait pris la défense d'Elsa comme à l'accoutumée.

– Et dire que je t'avais promis qu'elle serait enceinte pour ce Noël, maman…

– Faut pas lui mettre la pression comme ça. En fin de compte, je ne suis pas si pressée qu'on m'appelle mémé ou mamie. D'ailleurs en parlant de bébé, Carolyn, il paraît que vous attendez un heureux événement ?

Éric avait foudroyé la jeune Anglaise du regard.

– Euh, son père n'est pas vraiment content. Mais je vais le garder quand même.

Elsa, assommée par la fatigue, avait perçu des bribes de la conversation. Le sujet de la grossesse de Carolyn est tabou à Dinard, ça rend Éric jaloux et renvoie Elsa à son incapacité à procréer, à l'échec de leur couple. Elle avait fini par s'endormir après la bûche et le champagne, mais avait passé la nuit à tousser, se sentant étouffer de manière de plus en plus inquiétante. Le lendemain, Carolyn avait proposé de prendre la route et de rentrer avec elle à Dinard. Tout le monde s'était accordé à dire qu'elle y serait mieux en effet, qu'ils pourraient y mettre en place une hospitalisation de jour au retour d'Éric un peu plus tard. Elsa avait pensé qu'elle aurait le temps de mourir dix fois.

Durant le trajet de Suisse en Bretagne, Carolyn et Elsa ont très peu parlé. Elsa n'en avait ni la force ni l'envie. Elle avait même terminé le voyage allongée sur la banquette arrière dans un sommeil superficiel.

À un moment, Carolyn lui avait balancé cette phrase incroyable :

– De toute façon, si Erwan ne veut pas de l'enfant, ça pourra être notre bébé, non ?

– Pardon ?

– Oui, si son père ne veut pas de lui, ça pourrait être notre bébé à nous trois, avec Éric… Comme vous n'y arrivez pas.

De la sidération et du dégoût. Elsa n'était plus que ça. Après le choc causé par ces propos, elle avait cessé d'écouter Carloyn pour se réfugier dans l'espace cotonneux de la maladie. La jeune fille avait une conduite assurée, qui avait permis à Elsa de se reposer malgré la douleur aux poumons, l'inconfort de la voiture et la folie de la situation.

Son état s'est un peu amélioré depuis qu'elle est dans sa chambre à Dinard. Elle respire mieux. Elle a exigé que Carolyn débranche les caméras.

– Il nous surveille toutes les deux, tu sais, Carolyn… Il dit que c'est pour notre sécurité, mais c'est pour nous surveiller.

Feignant de s'étonner de la présence de ces caméras, la jeune fille s'exécute.

– Je peux faire autre chose pour toi ?

– Non, ça ira, j'ai juste besoin de calme et de repos.

Elle profite de ces deux jours sans Éric pour dormir et fouiller un peu dans les affaires de son mari. Cet après-midi, elle se sent d'attaque pour aller dans la remise, elle sait qu'il y range ses papiers. Elle a attendu que Carolyn soit sortie retrouver Erwan. Ses jambes flageolent un peu, elle est encore très faible mais elle trouve la force de descendre l'escalier et de sortir dans le jardin. L'air est doux en cette fin d'année. Le vent léger. Les grosses tempêtes automnales sont passées. Ça la rassure, car le vent l'oppresse. Elle pénètre dans la remise, impeccablement rangée. Les outils de jardin sont bien alignés et, derrière une pile de caisses de vin, une malle attire l'attention d'Elsa. Verrouillée par un cadenas. Elle essaie différentes combinaisons, puis finit par tenter la date de leur rencontre à la galerie rue des Saints-Pères. Bingo. Elle ouvre la malle et y découvre des factures, toutes les factures de leurs années de vie commune. Comme s'il constituait un dossier qui pourrait lui servir un jour. Les documents sont presque tous au nom d'Éric, alors que c'est elle qui a quasiment tout payé. Elle tombe également sur un dossier portant les initiales E.C comme Elsa Cala. Elle y trouve des photos d'elle prises avant leur rencontre, des coupures de presse, mais aussi des clichés d'elle à Dinard, parlant avec des hommes, elle et le galeriste, elle et le boucher, elle et un ami d'Yvan, elle sur la plage faisant son jogging, elle sortant du petit cinéma de la ville, elle au marché. Des preuves de tous ces moments où il l'a suivie, où il l'a traquée dans le moindre de ses déplacements, et surtout la preuve que leur rencontre n'était pas fortuite. Il avait tout préparé, il l'avait ciblée, elle était sa proie. Une proie particulière. Elle trouve d'autres dossiers similaires portant d'autres initiales, dont celui de la mannequin Alice, d'une ancienne championne de tennis, d'une starlette de téléréalité aujourd'hui disparue des radars médiatiques. Elle compulse les dossiers de ces filles, jusqu'à la nausée. Une vilaine quinte de toux la secoue, elle a mal à la gorge et à la poitrine. Elle referme la malle, verrouille le cadenas. Il faut qu'elle respire, mais elle n'arrive pas à le faire normalement. Elle est à bout de souffle. Elle traverse péniblement le jardin. Elle a l'impression de vivre dans un cauchemar. À ce moment-là, Carolyn arrive en pleurs, Erwan veut la quitter à cause du bébé. Elle répète :

– Ce sera notre bébé, hein Elsa ? Ce sera notre bébé…

Elsa sent que sa fièvre a grimpé à nouveau, elle a envie de vomir. Elle se soulage dans un bosquet.

– Carolyn, il faut que tu m'emmènes à l'hôpital. Je crois que mon état a empiré.

Alerté par Carolyn, Éric a fini par rentrer à Dinard et attend Elsa devant la salle d'examens. Elle en sort sur une civière, pâle et exténuée. Le médecin a un air grave. Il ne mâche pas ces mots :

– Les nouvelles ne sont pas bonnes, le scanner et l'auscultation ont révélé une double pneumonie associée à une pleurésie. Son état est sérieux, il nous faut trouver le bon traitement pour enrayer la maladie. Sa respiration est de plus en plus difficile, et sa tension très basse. Nous devons la garder quelques jours pour la traiter au plus vite.

– C'est hors de question ! Elle va rentrer avec moi.

– Ce n'est pas souhaitable, monsieur, elle pourrait développer un abcès pulmonaire, ce qui nous obligerait à la placer sous assistance respiratoire. C'est ce que vous voulez pour votre femme, vous voulez prendre ce risque ?

– Je ne veux pas, vous m'entendez, je suis certain qu'on peut mettre en place une hospitalisation à domicile…

– C'est votre responsabilité. On pourra envoyer une infirmière vérifier son taux d'oxygène, sa tension, et lui administrer des piqûres quotidiennes d'antibiotiques. Mais ne la soumettez à aucune source de stress ! Calme et repos absolus !

Elsa n'a pas son mot à dire. Elle a l'impression de n'être qu'un paquet qu'on trimballe. De toute façon, elle si faible qu'elle n'arrive plus à parler ni même à hocher la tête. Elle se résigne à rester entre les griffes de son bourreau. Elle n'arrive plus à penser, son cerveau est anesthésié, elle est comme éteinte.

Les nuits et les jours se mêlent, Elsa croit qu'elle va mourir. D'ailleurs, au moment de s'endormir, elle voit des cercueils descendre du plafond. Elle interprète cette vision comme un signe. Elle se laisse partir un peu plus chaque jour. Éric ne montre à son égard aucune forme d'empathie. Il n'a vers elle aucun geste de tendresse. Elle lui tait ce qu'elle a découvert dans la remise, elle enfouit la haine qu'elle ressent à son égard, il est désormais un étranger pour elle, elle garde le silence comme une condamnée à mort, résignée. Éric lui assure avoir prévenu sa mère et son frère de sa maladie, mais sans vouloir les affoler, prétendant que de toute façon ce vilain cauchemar serait bientôt derrière eux. Elle sait qu'évidemment il n'en a rien fait, sinon François serait venu la voir. Elle n'a aucun doute sur ce point.

Elsa ne parle à personne, seules les infirmières lui apportent un peu de réconfort. Un jour, elle a envie de se lever, de faire quelques pas pour entretenir ses muscles. Carolyn qui vient souvent la surveiller veut l'en empêcher, Elsa lui ordonne de lui ficher la paix. Elle cherche une tenue confortable dans son dressing. Lorsqu'elle sort son sweat de l'armoire, une enveloppe tombe. Celle qu'Émilie lui a donnée le soir de son anniversaire surprise. L'enveloppe de Jean. Prise dans le tourbillon des événements, elle l'avait complètement oubliée. Elle s'assoit sur le lit et l'ouvre. L'écriture de Jean n'a pas changé, c'est la même qu'à l'adolescence.

« *Elsa, si un jour, ça ne va pas, où que tu sois, je viendrai te chercher. Tendrement, Jean.* »

Son cœur se serre, ces quelques mots lui redonnent de l'espoir, Jean pense à elle, Jean sera là si ça ne va pas. Jean… c'était il y a si longtemps. Elle a la gorge sèche. Sans eau, il lui paraît impossible de survivre à ce moment. Elle doit boire. Sa bouteille est vide. L'infirmière est partie, et elle ne souhaite pas appeler Éric, pas plus que Carolyn. Ses oreilles bourdonnent d'un grésillement insupportable, comme une télé qui déraille. Elle réunit ses forces et se lève à la manière d'une vieillarde qui ne sait pas si elle y parviendra. Elle arrive à la porte, se dirige lentement, comme si elle avait cent ans, vers la salle de bains, mais Jean pense à elle. Elle fait couler l'eau et boit à même le robinet, le liquide frais la désaltère et l'emplit de bien-être. Elle s'éclabousse le visage, se regarde dans le miroir et prend peur. On dirait un cadavre. Des semaines qu'elle ne s'est pas vue. Elle est méconnaissable. La fatigue la gagne, elle n'est pas encore assez forte pour sortir se dégourdir les jambes. Ce n'est pas pour aujourd'hui. Jean pense à elle. Mais voudra-t-il auprès de lui une femme amoindrie, une femme fantôme, une femme brisée ?

Alors que les cercueils la hantent de plus en plus, qu'elle n'ose plus croire à son rétablissement, les pneumologues ont réussi à trouver deux traitements qui, conjugués, ont ralenti le processus infectieux. Malgré tout, elle est loin d'être tirée d'affaire, les médecins affirment qu'il lui faudra au moins quatre mois pour se remettre sur pied. Elle reprend doucement du poil de la bête et espoir. Il lui faut trouver un moyen de parler à Jean. Lui ne la jugera pas pour s'être laissé détruire par la perversion d'un homme. Lui la comprendra. Éric a remis les caméras, Carolyn laisse traîner ses yeux et ses oreilles. Elsa est certaine qu'elle rend des comptes à Éric.

Depuis la banquette que l'infirmière a approchée de la fenêtre à sa demande, Elsa contemple les reflets argentés sur la mer, le soleil inonde la pièce. Elle se sent mieux, malgré des difficultés à marcher. Son moral remonte. Quand la météo est clémente, elle arrive à s'accrocher à des pensées positives. Elle s'est fixé pour objectif de réussir à sortir d'ici une semaine, après un mois et demi en enfer. Elle ira consulter un nouveau psy, car elle a besoin de se vider. Elle fera de la natation, doucement, pour se réapproprier son corps, elle mangera un peu plus, elle doit prendre du poids. Puis elle contactera ses proches et appellera Jean. Et avec Éric, elle jouera l'hypocrite. C'est un programme réjouissant. Éric vient briser son moment de répit.

– Allez, lève-toi ! Il fait froid mais il fait beau. On va marcher sur la corniche.

– J'adorerais pouvoir t'accompagner, mais je ne m'en sens pas encore la force.

– Ça va, arrête de faire ta comédienne, habille-toi. Faut faire des efforts maintenant, je dis ça pour toi…

Elsa s'habille et le suit lentement. Il ne l'aide même pas à marcher. Ils avancent sans un mot jusqu'à l'entrée du chemin des Douaniers, la vue est à couper le souffle, la falaise du cap Fréhel se dessine au loin. Ils croisent peu de promeneurs en cette froide journée d'hiver pourtant ensoleillée. Elsa essaie de se nourrir d'iode, de le laisser entrer dans ses poumons qui se rétablissent peu à peu. À un moment, Éric s'engage sur un sentier, très étroit et mal entretenu.

– Allez, Elsa, viens ! C'est plus beau et sauvage par ici…

Elle ne sait pas ce qui lui passe par la tête, ils ne prennent jamais ce chemin. Il faut s'y frayer un passage entre les roches, les herbes folles, les ronces et les arbustes. Elsa respire avec difficulté, ses jambes peinent à la porter. Elle se concentre sur chacun de ses pas, évite de regarder en bas, les rochers et la mer si proches. Éric marche de plus en plus vite, sans même se retourner pour voir si elle le suit. Elle est soudain prise de vertiges, ses jambes tremblent, au moindre faux pas elle risque la chute dans le vide. Au bord du malaise et du précipice, elle s'assoit pour reprendre ses esprits, de nouveau à bout de souffle. Éric est déjà loin, il ne l'aidera pas. Elle va rester là et attendre qu'un passant la repère. Il faut qu'elle appelle quelqu'un. Elle a gardé dans sa poche le petit mot de Jean.

« Elsa, si un jour ça ne va pas, où que tu sois je viendrai te chercher. Tendrement, Jean. »

Elle a besoin d'aide, elle prend son portable, écrit :

« Jean, ça ne va pas du tout. Viens me chercher. »

*

* *

Il a essayé de me tuer. J'en suis persuadée. Ce jour-là, sur cette falaise, il a tout fait pour provoquer un accident. Dès que mes problèmes de santé sont apparus, problèmes dont il était la cause unique, il a tout fait pour qu'ils s'aggravent. La pneumonie en étant le paroxysme. J'étais à bout de souffle, consciente de vivre l'enfer, l'enfer du quotidien dans les gestes les plus banals. Pourquoi suis-je restée dans cet enfer ? Pourquoi n'ai-je pas appelé au secours plus tôt ? Parce que je ne connaissais plus rien d'autre, je crois. Quitte à me salir, à m'avilir, quitte à me trahir. Durant la période où j'étais alitée, je n'avais quasiment plus de contact avec l'extérieur, j'étais confinée, coupée du monde, sauf durant les rares moments où je pouvais échanger avec les infirmières qui me faisaient un bien fou. À part ces quelques parenthèses, j'étais seule à lutter contre la maladie. La jeune fille ne venait plus me voir, elle avait dû recevoir des consignes. Elle était si étrange de toute façon, impossible d'avoir une relation constante avec elle. Pendant toute cette histoire, elle a oscillé entre soudaine complicité et distance cruelle. Elle devait être dans le même mal-être que moi, total, destructeur. Sa perte d'identité était semblable à la mienne. Je n'arrivais pas à la cerner, c'était très déstabilisant. Elle, la première à avoir parler de pervers narcissique, était prête à tout pour qu'il s'intéresse à elle, qu'il la chérisse. Elle ne cessait de quitter son copain puis de renouer avec lui, en fonction, je pense, de ce qui se passait avec notre tortionnaire. Ce jour où il a tenté de me tuer, je me suis enfin réveillée. J'ai écrit à mon ami d'enfance, mon premier amour, évidemment il n'a pas pu venir me chercher sur cette falaise, mais il m'a aidée à partir, m'a poussée à changer de psy, grâce à lui j'ai trouvé quelqu'un qui a reconnu mon statut de victime d'un pervers narcissique. Mon amoureux d'adolescence a tenu parole, il est resté discret avec ma famille, je ne voulais pas que ça se sache, je voulais m'en sortir seule, puisque je m'étais enfoncée seule aussi dans ce bourbier. Il n'est pas venu me chercher physiquement mais, pendant des semaines, il m'a aidée à préparer mon départ et ma demande de divorce.

Ce jour-là, sur cette falaise, j'ai vu défiler ma vie, les moments complices avec mon frère, les disputes puis les tendres réconciliations avec ma mère, les escapades dans les champs avec mes copains de jeunesse, les fous rires en cours de peinture devant les modèles nus avec ma meilleure amie, les premières expos, les premières galeries, les premières grosses ventes, les rencontres, les déceptions amoureuses, puis lui, lui et tous les ravages qu'il avait faits. Après cette ultime épreuve, qu'il m'avait infligée, je n'avais plus qu'une idée en tête : m'en sortir. J'ai tout fait pour me retaper, j'ai pris sur moi malgré la fatigue et la vie commune avec ce pervers, j'ai passé du temps dans mon atelier, j'ai recommencé à peindre, ça le rendait dingue, il voyait qu'il perdait la main, que le nœud autour de mon cou se desserrait.

Ce jour-là, sur la falaise, j'ai attendu longtemps, le soleil d'hiver n'a pas suffi à me réchauffer, j'ai attendu longtemps, jusqu'à ce que mon amour m'appelle. On a parlé comme si les années sans se voir avaient été effacées en dix secondes. Sa voix m'a redonné de la force et de l'espoir. Ensuite, guidée par son timbre chaleureux, je me suis levée, j'ai retrouvé l'équilibre, fait demi-tour et marché lentement vers le sentier principal. Il a même réussi à me faire rire ; je pensais que je ne savais plus rire. Il m'a raccompagnée jusqu'à la maison, mais avant de rentrer, je me suis assise en tailleur sur le muret au bout du jardin, face à la mer. J'ai pris une inspiration, puis expiré longuement, pour la première fois depuis longtemps j'expulsais cette boule de ma poitrine. Je n'étais qu'au début de ma libération, mais je savais que, désormais, le pire était derrière moi. Je me suis dit : « Ça y est, enfin, je me réveille. »

14

L'amour n'est pas une prison

Ce midi, Elsa ira affronter Éric. Ce midi, elle lui dira qu'elle veut divorcer, qu'elle ne veut plus vivre avec lui. Sa décision est prise, irrévocable. Elle ne le laissera pas parler, elle ne le laissera pas l'interrompre, elle sait que sinon ce sera foutu. Ne pas lui offrir la moindre prise, ne pas faiblir, ne pas trembler. Elle sait qu'il va chercher à la retourner, à la ramener à lui, à la manipuler. Depuis plusieurs semaines, les paroles d'Éric n'ont plus d'effet sur elle, elles ne l'atteignent plus, elle s'est blindée. C'est comme si son cœur était sous anesthésie, plus rien ou presque ne l'affecte. Éric en est un peu désarçonné, il se rend bien compte qu'elle s'éloigne : elle demeure impassible face à chaque bassesse ou réflexion désobligeante. Depuis quelque temps, il lui fiche la paix, dirigeant son venin sur Carolyn qui, devenue intenable avec sa grossesse, n'en finit plus de faire des va-et-vient entre Erwan et Éric. Elsa a décidé de ne pas s'en mêler, de les laisser s'empêtrer dans leur drame, elle n'y a plus sa place. Et c'est très bien ainsi. Bientôt, tout ça sera derrière elle.

Elle monte l'escalier qui mène au manoir. Éric est dans le jardin. Il attend Elsa pour le déjeuner.

– Tu étais où ?

– Je me baladais sur la plage, j'ai mis les pieds dans l'eau, c'était agréable.

– Je voulais te dire, Elsa, je te trouve resplendissante ces derniers temps…

C'est la première fois qu'il lui fait un compliment depuis des mois, Elsa doute de sa sincérité, mais n'en laisse rien paraître.

– Ah, merci…

– Non, vraiment, tu as guéri, et je retrouve la Elsa qui me fait craquer.

Il s'approche d'elle, lui passe la main autour de la taille, elle s'écarte.

– Éric, il faut que je te parle, viens, on rentre.

– Oh là, quel air dramatique ! L'heure est grave…

Il étouffe un rire nerveux. Elle prend une grande inspiration, soutient son regard et, d'une traite, lâche le morceau :

– Éric, ce que je vais te dire ne va pas te plaire, mais il faut que ça sorte, c'est trop lourd à porter, trop douloureux. Tu me fais tant de mal au quotidien, me soumets à tant d'humiliations, avec ton côté dictatorial, ta volonté de te servir de tout le monde, de profiter de chacun, ton addiction au pouvoir, à l'argent. J'ai tellement souffert de ton manque de douceur, de sensibilité, de considération pour moi. Je ne peux pas continuer à vivre à côté de toi, et je dis bien « à côté », car nous ne sommes pas un couple qui se respecte. Il me semble n'être pour toi qu'un pass VIP, un compte bancaire, une image bien utile. Ta reconnaissance est nulle, excepté les fois où tu sens que je prends de la distance, ou qu'une âme bienveillante tente de m'ouvrir les yeux sur mon sort. Tout ça m'a gelé le cœur. Je ne t'aime plus, Éric.

Éric accuse le coup, Elsa n'arrive pas à lire ce qu'il ressent.

Il demeure silencieux de longues minutes, puis finit par lâcher :

– Elsa, moi, je t'aime plus que tout au monde ! On ne peut pas divorcer. Il faut que tu m'aimes encore, puisque je t'aime encore…

– Tu oses me dire que tu m'aimes plus que tout au monde, que ta femme, la famille que nous sommes, est le plus important pour toi, tu me supplies de continuer à t'aimer, mais c'est trop tard.

– On ne peut pas se séparer, toi et moi, on a traversé des épreuves par le passé, et on est plus forts ensemble, regarde comme tu es forte aujourd'hui…

– Je ne suis pas forte, je me protège de toi depuis des semaines, je me remets sur pied parce que je suis portée par une certitude : je ne veux plus vivre avec toi. En fait je ne sais pas qui tu es, je n'ai jamais su qui tu étais, tu es un inconnu pour moi, tu as toujours été un inconnu.

– Tu ne changeras donc jamais, tu es adepte des grands drames. Tu exagères toujours et tu noircis le tableau, je croyais que tu allais mieux, mais tout ça c'est dans ta tête, ou alors c'est ce nouveau psy qui te manipule et te fais du mal. Ce n'est certainement pas moi. Moi, je ne veux que ton bien, je veux que tu ailles mieux, mais tu ne veux pas m'écouter, tu préfères toujours suivre l'avis des autres plutôt que de te fier à moi, ton mari, je veux le meilleur, tu sais… j'ai toujours voulu le meilleur.

– Et pourtant, je n'ai eu que le pire.

– Tu parles au passé…

– Oui, car pour avoir le meilleur, il faut que je quitte le pire, il faut que je te quitte.

– Tu dis « il faut », « il faut »… c'est donc que tu n'as pas encore pris ta décision.

– Si, Éric, je veux divorcer. Tu as raison, il n'y pas de « il faut que je te quitte », ça, je me le suis répété des milliers de fois, là on en est bel et bien au stade de « je te quitte ».

Elsa sort de la pièce, c'est la seule façon pour elle d'avoir le dernier mot. Elle sait qu'il va continuer à argumenter, à retourner les choses contre elle, à la diminuer, à la faire passer pour folle, elle n'a pas envie de ça, elle ne peut plus le tolérer. Elle doit rester à distance de lui, jusqu'à son départ. Elle a pris rendez-vous avec un avocat parisien, un ami de Jean, ils ont passé en revue toutes les solutions. Du divorce par consentement mutuel à un divorce pour faute, ses infidélités et sa violence psychologique suffiraient à ce qu'il paie. Elsa n'a pas envie d'en arriver à pareilles extrémités. Elle n'est pas du genre revanchard, mais face à un tel personnage il faut se préparer au pire. Elle lui laissera la maison si nécessaire, elle n'y est pas attachée, même si l'avocat soutient qu'elle ne doit pas la lui céder, que c'est lui qui doit partir, qu'il faut vendre la maison et qu'avec ça elle pourra se reconstruire ailleurs.

Dans un premier temps, elle ira à Paris chez François. Ensuite, osera-t-elle suivre Jean aux Baléares, comme il le lui a proposé lors de leur dernière conversation téléphonique ? Jean s'est associé à un cousin pour acheter un hôtel à Majorque, il pense pouvoir en assurer la gestion en continuant à écrire ses livres. Elsa adore cette idée bien qu'elle soit un peu folle : ils ne sont pas amants, elle ignore même s'ils sont des amoureux. Depuis plusieurs semaines, ils ont de longues conversations, partagent des fous rires, des souvenirs d'adolescence. Avec lui, elle se sent en confiance et, peu à peu, reprend goût au jeu de la séduction. Mais ils restent sur leurs gardes, Jean craint trop de la heurter, et Elsa a du mal à s'abandonner à ses sentiments. Quant au désir, la question est bien trop prématurée. Elle pense qu'elle ne sait plus faire. Et puis, elle ne quitte pas Éric pour un autre, elle quitte Éric tout court.

Elle s'isole dans sa chambre. Met de la musique classique, s'enferme dans sa bulle, au calme en dépit des mouvements d'Éric qui fait les cent pas au salon. Il finit par débouler dans la chambre, plein de rage, retire le casque des oreilles d'Elsa pour y déverser tout ce qu'il a en tête de méchancetés. Il établit la liste des défauts d'Elsa, comme pour se dégager de toute responsabilité. Pendant deux heures, il balance son ressentiment, à la limite de la haine. Elsa ne le contredit pas, elle le laisse faire, ses paroles, aussi blessantes soient-elles, ne l'atteignent plus, elle ne les entend même plus. Elle voit les lèvres d'Éric bouger mais sa voix lui est presque inaudible, comme si Elsa s'était intérieurement coupée du monde d'Éric.

– Tu m'écoutes, Elsa ? On dirait que tu n'as rien à faire de ce que je dis, tu entends ? Tu me pourris la vie, en fait !

– Alors si tu penses toutes ces horreurs sur moi, tu vois bien que c'est absurde qu'on reste ensemble...

– OK, on divorce, moi, je vais refaire ma vie de toute façon !

– Très bien, parfait, c'est tout le mal que je peux te souhaiter...

– Ah, tu dis ça parce que tu as quelqu'un ! C'est ça, hein, tu as quelqu'un ?! Je le sentais, c'est pourquoi je te surveillais, je n'avais pas confiance, j'avais donc raison.

– Je n'ai personne, mais tu peux bien penser ce que tu veux, ça m'est égal maintenant.

D'un coup, Éric change de registre, passant des reproches à la séduction, voire à la tendresse. Il s'approche d'Elsa, effleure sa joue. Elle recule. Elle ne supporte plus qu'il la touche.

– Bon, Elsa, si tu me dis que tu m'aimes, on oublie tout, et je te reprends…

Elsa ne se laisse pas amadouer, elle connaît trop ses manœuvres, son manque de sincérité, et il fait comme si c'était lui qui voulait la séparation, « je te reprends »…

– Non, Éric, c'est fini, je te l'ai dit tout à l'heure, je pensais avoir été suffisamment claire : « Je ne t'aime plus ! »

– OK, si c'est ce que tu veux, mais je ne vais pas me laisser faire, crois-moi.

Pendant un mois, la cohabitation est pesante. Elsa retombe même malade, elle souffre encore des séquelles de sa pneumonie, elle doit rester alitée dans cette maison qui l'oppresse, alors qu'elle pensait être déjà sur la voie de la liberté. Elle s'en veut, elle se croyait plus forte. Le psy et le pneumologue lui assurent qu'une fois divorcée elle n'aura plus de pneumonie. Continuer de vivre avec ce mari maltraitant psychologiquement ronge ses poumons, c'est une forme d'oppression, insidieuse. La présence de Carolyn aussi la diminue, sa cousine passe de nouveau beaucoup plus de temps à la maison. Mais elle doit tenir encore un peu, les médecins lui ont conseillé de se reposer quelques semaines supplémentaires, ensuite elle pourra prendre son envol.

Un soir, alors qu'elle prend son bain, Carolyn frappe à la porte, insiste. Elsa ne répond pas. Ça frappe encore. Cette fois, c'est Éric.

– Elsa, c'est nous, avec Carolyn, on veut vraiment te parler.

– Fichez-moi la paix, je suis dans mon bain, je ne veux pas qu'on me dérange.

Éric enfonce la porte. Elsa sursaute. Elle sort du bain et attrape une serviette.

– On a eu peur que tu fasses une connerie !

Elsa sait bien qu'il ne s'agit pas de ça, qu'ils ne sont pas inquiets pour elle. Ils ont quelque chose à lui demander, c'est tout.

Éric poursuit :

– Elsa, réfléchis bien aux conséquences d'un divorce, tu vas tout perdre, je ne vais pas me laisser faire, tu sais, et puis ta carrière est finie, comment vas-tu te relancer sans moi ? Réfléchis, moi, j'avais de beaux projets pour toi, une nouvelle expo à Dinard, une autre à l'étranger. Je ne t'en avais pas parlé, mais j'ai des pistes pour Barcelone…

– C'est vrai ça, Elsa, tu ne peux pas faire ça à Éric, il est si malheureux sans toi, et pense à l'avenir, au bébé, à notre bébé…

La folie de ce duo diabolique ne la surprend même plus, elle sait ce qui lui reste à faire : terminer son nouveau traitement, et ne plus jamais revoir ces deux pervers.

*

*   *

J'ai mis presque cinq mois encore à me séparer pour de bon de mon mari, de longues semaines durant lesquelles j'oscillais entre l'espoir d'être bientôt libre et les rechutes. Je n'oublierai jamais le jour où j'ai osé lui dire que je le quittais, cette journée où il m'a fallu rassembler une force énorme et une volonté tenace pour affronter mon bourreau. Le fixer droit dans les yeux, soutenir son regard froid, ne pas le laisser m'embobiner, le combattre par la parole. Je me suis retrouvée dans la procédure de divorce, c'était un rouleau compresseur, j'avais l'impression d'être jugée pour un crime que je n'avais pas commis. Il fallait que je paie encore pour sauver ma peau, alors que partir m'avait pris des mois. Les pneumonies à répétition m'avaient affaiblie et fait flirter avec la mort. Un soir que j'étouffais sous l'assaut de quintes de toux et que la fièvre m'abrutissait, il est entré dans la chambre, non pour me demander comment j'allais mais si j'avais une assurance décès. Je me suis dit, il veut ma mort, il finira par me tuer, comme ce jour au bord de la falaise où j'étais épuisée. J'avais l'impression d'être dans un thriller. Aujourd'hui, quand je raconte ces moments où j'ai pensé que j'allais mourir, je trouve ça fou.

Le jour où je lui ai annoncé que j'avais pris la décision irrévocable de le quitter, il n'a pas voulu entendre, il ne voyait que son intérêt dans notre histoire, il était sourd et imperméable à ma pensée et à ma volonté. Je n'en pouvais plus d'être réveillée chaque nuit par les larmes qui roulaient sur mon visage, je ne supportais plus l'idée d'avoir envie de mettre fin à mes jours. J'étais arrivée au bout de ce que je pouvais endurer. je me croyais plus forte, capable de faire abstraction de tout, de m'oublier. Il avait toujours joué un rôle, jamais il n'avait été honnête, ses sentiments n'étaient pas vrais, tout était mensonge. Je voulais retrouver la vérité, retrouver ma vérité. Pour cela, il n'y avait qu'une solution : divorcer. Et, désormais, rien ne pouvait me faire changer d'avis.

Aujourd'hui, je suis libérée, mais il continue de me salir auprès de proches, de raconter l'histoire à sa sauce, il ne reconnaît pas ses torts, il ne se remet pas en question. Le pervers narcissique ne se remet jamais en question, il change de proie, c'est tout. Il chasse des filles comme moi, empathiques, sensibles, à l'écoute, généreuses, dans la lumière. Des femmes pourtant de caractère, intelligentes, bien installées dans la vie. Des femmes qui, malgré tout, se laissent piéger.

Parfois, il tente de renouer avec moi, de m'amadouer, mais j'ai conscience qu'il s'agit d'une énième stratégie pour me reprendre dans ses filets, je sais qu'il ne faut rien céder, pas une once de terrain, à ce type de personnages, sinon l'étau pourrait bien se resserrer à nouveau.

On ne peut pas forcer quelqu'un à aimer, l'amour n'est pas une prison.

J'ai la chance d'avoir maintenant à mes côtés un homme bienveillant, qui me connaît depuis longtemps, un homme patient, conscient que je ne suis pas tout à fait redevenue moi-même, que je souffre des séquelles de cette histoire traumatisante, mes plaies encore à vif. Je parle peu de ce qui m'est arrivé, je ne veux pas être définie par cette histoire, stigmatisée. Certains penseront que j'ai été naïve, stupide ou kamikaze, d'avoir foncé tête baissée dans pareil traquenard, mais en réalité chacun peut tomber entre les griffes d'un pervers narcissique, ce n'est ni une question de naïveté, ni d'intelligence ou de caractère. Je suis une femme cultivée, j'ai fait des études, j'ai du tempérament, pourtant je n'ai rien vu ou, par moments, rien voulu voir.

J'ai beaucoup perdu dans cette histoire, ma confiance en moi, mon goût de la vie, et surtout ma féminité. Marquée par la peur, il m'est difficile de réapprendre à vivre, tout n'est pas gagné, même débarrassée de ce pervers. Personne ne sort indemne de ce genre d'histoire. Il me faut du temps pour panser mes blessures. La reconstruction est longue, mais j'ai bon espoir.

Le temps de sa toute-puissance est révolu, voici revenu le temps de ma splendeur.

ÉPILOGUE

Elsa avance pieds nus sur la plage. Le printemps a un côté estival. Le vent est doux, la mer froide, pourtant quelques baigneurs s'y aventurent. Une boule blanche attire son attention. Elle s'approche, un tout petit chiot laineux se roule dans une flaque d'eau laissée par la marée, il s'ébroue et grogne. Elsa met la main sur sa truffe, le bébé chien la mordille avec ses quenottes bien aiguisées. Elsa aime la sensation des dents sur sa paume, le chiot lui lèche les doigts, ça la chatouille. Une femme les rejoint. C'est son chien. Elsa a envie de lui parler. Ces derniers temps, elle réapprend à aller vers les gens, à sourire, à oser la rencontre, les discussions simples, les rapports humains sains. C'est une façon de prendre soin d'elle. Elle se retrouve. La propriétaire du chien lui dit qu'elle a un beau sourire, que ça fait du bien les gens qui sourient à la vie. Elle n'en croit pas ses oreilles. Ainsi, elle renvoie maintenant l'image d'une femme épanouie, bien dans sa peau et attirante. Elle se sent mieux, c'est vrai. Les séances de psy et les échanges avec Jean l'ont remise sur pied. Elle est en bonne santé malgré quelques gros coups de fatigue ponctuels, mais elle va de l'avant. Elle est venue se ressourcer au bord de l'eau, faire le plein d'iode, se connecter avec les éléments. Elle caresse une dernière fois le chiot, salue la jeune femme. Elle va jusqu'au bord de l'eau, y trempe les pieds, la mer est fraîche. Elle regarde l'horizon, le fort de La Conchée et l'île de Cézembre semblent proches, elle a l'impression qu'elle pourrait les toucher. Depuis qu'elle sait qu'elle va partir, elle apprécie plus encore la beauté du paysage, des lieux qu'elle avait fini par prendre en grippe puisque associés à son histoire avec Éric, des lieux jusqu'ici porteurs de malheur. Tout se révèle majestueux désormais, les reflets émeraude, le ciel bleu électrique, la nature verdoyante. La mer est incroyablement claire, l'eau est tel un miroir vivant. Elsa y voit son reflet déformé par les vaguelettes qui viennent caresser le sable. Des petits poissons translucides jouent au bord de la plage. Bientôt, des enfants viendront les taquiner. Elsa retrousse le bas de son pantalon qui commence à être mouillé, elle fait demi-tour et remonte doucement vers la digue. Les restaurants estivaux n'ont pas encore ouvert, mais certains proposent des croque-monsieur et autres snacks à manger sur le pouce sur leurs terrasses protégées par des auvents. Elsa salue un serveur, chose qu'elle s'interdisait de faire il y a peu, de peur de déclencher la jalousie d'Éric.

Au bout de la digue, elle le voit, il est là, plus beau que dans son souvenir. Jean. Elle reconnaît son sourire, éclatant et généreux. Elle n'accélère pas le pas, car elle voudrait que ce moment dure une éternité. Il vient à sa rencontre. Ils sont maintenant face à face, se dévisagent longuement. Il l'accueille dans ses bras, enfin.

– Elsa, c'est fini, je suis là. Tout ira bien maintenant.

– Jean, je l'ai échappé belle, tu sais… J'ai cru ne jamais y arriver.

– Tu es mon échappée belle…

Références bibliographiques

Aux pages 184-185 : Véronique Houguet, « Amoureuse d'un pervers narcissique : L'enfer au quotidien », *Marie-Claire,* mai 2013 ; réédité en octobre 2019.

Tania Faure, *Amour sous emprise* : *partir ou mourir,* documentaire, C Productions, 2022.

Page 212 : Pour se documenter sur la capsulite de l'épaule ou syndrome de l'épaule gelée :
https://decodage.ch/decodage-de-lepaule-gelee/

Table des matières

Avant-propos 7
Prologue 11
1 – La rencontre 17
2 – L'emballement des cœurs 39
3 – La surprise 59
4 – La vie à deux 77
5 – Le week-end en amoureux 99
6 – Le mariage 121
7 – L'emménagement 143
8 – La cousine 165
9 – Joyeux Noël 187
10 – Stupeur et trahisons 209
11 – Bon anniversaire ma chérie 229
12 – Je désire qu'il meure 247
13 – À bout de souffle 265
14 – L'amour n'est pas une prison 283
Épilogue 297
Références bibliographiques 301

Imprimé en France par
CPI Brodard & Taupin
en janvier 2023

Composition

PRESS·PROD

Dépôt légal : janvier 2023
N° d'impression : 3050758
ISBN : 978-2-7499-5153-9
LAF : 3289